革命機ヴァルヴレイヴ
Valvrave the Liberator

ヴァルヴレイヴ。
それは世界を暴くシステム。

乙野四方字
カバーイラスト／サンライズ
（作画：鈴木竜也／鈴木卓也　仕上：大谷道代　特効：石原智美）
本文イラスト／ゆーげん、片貝文洋

JN286984

▶流木野サキ
咲森学園の高校1年生。ヴァルヴレイヴ四号機のパイロット。冷めた性格で、他人との接触を嫌うせいか、学園では孤立している。

▶指南ショーコ
咲森学園の高校2年生。ジオール独立国の初代総理大臣。明るい性格で、男女問わず友人が多い。幼なじみのハルトとは、仲の良いケンカ友達。

第五章

▶エルエルフ
ドルシア軍所属。特務機関のエージェント。頭脳明晰で高い戦闘能力を持ち、目的のためなら手段を選ばない。現在はジオールで暗躍中。

▶時縞ハルト
咲森学園の高校2年生。ヴァルヴレイヴ一号機のパイロット。争いごとが苦手な、心優しい少年。ショーコの事が気になっているが、言い出せないでいる。

第五章

雪が降っている。


「はっ、はっ、はーっ、はーっ」

真っ白に染まった景色の中を、幼い少年が息を切らせて走っている。

囚人《しゆうじん》の服を着たその少年の、裸足《はだし》の足首には鉄の枷《かせ》。

「いたか⁉」

「こっちにはいない！」

「子供の足だ、そう遠くには行けん！」

さほど遠くもない場所から、怒気を孕《はら》んだ複数の声。

少年の顔が強張《こわば》り、千切れそうな脚を動かしてなお走る。

「はっ、はっ、はーっ、はーっ……うあっ！」

足がもつれ、雪の上に倒れ込む。

立ち上がらなければ。走らなければ。捕まってしまえば、殺される。

それが分かっていても、勢いだけで走り続けていた脚は、一度止まってしまうとがくがくと震《ふる》え始め、思うように立ち上がってはくれなかった。

前方の茂みから、がさりと物音。

「っ！」

見つかった。もう駄目だ。殺される――一瞬《いっしゅん》、少年はそれを覚悟する。

「……？」

茂みの中から現れたのは、真っ白なウサギだった。

ぴょん、と跳ぶ脚を止め、きょとんと少年を赤い目で見つめている。

停止する思考。助かった、と思う余裕も少年にはない。

「待って待ってー！」

突然すぐ近くで聞こえた声に、びくりと身をすくませる少年。

ウサギを追って茂みから飛び出してきたのは、幼い少女。

少女は少年に気付かずウサギを追おうとして、逃げられてしまう。

「あ……」

残念そうに呟《つぶや》き、諦《あきら》めて踵《きびす》を返す少女。

そして。

「──？」

「──っ！」

振り向いた少女と、膝《ひざ》をつく少年の、目と目が合った。

ぼろ布のような囚人服《しゅうじんふく》の少年は、綺麗《きれい》な服の少女に見とれてしまう。

服だけではない。肌も、髪も、瞳《ひとみ》も。その少女の美しさに、少年は言葉を失った。

「誰《だれ》……？」

「…………」

澄んだ瞳で小首を傾《かし》げて問うてくる少女に、少年は答える事も出来ない。

「いたぞ！」

その時間が災《わざわ》いした。

後方から、ついに少年を見つけた衛兵《えいへい》達が銃《じゅう》を片手に走ってくる。

「撃《う》て！」

「駄目だ！　姫様が！」

「──っ！」

姫様、という言葉を聞き、少年は咄嗟《とっさ》に動いた。

少女に跳びかかり、背後に回り、ガラス細工の髪飾りを一つむしり取る。

頭の上、左右で丸くまとめられていた少女の髪が、片方ぱさりと解けて広がる。

少年は髪飾りのガラスを指で押し割り、その破片を少女の首に突きつけた。

「銃を捨てろ！　じゃないと、こいつを殺す！」

姫様と呼ばれた、綺麗な服を着た綺麗な少女。人質《ひとじち》としての価値はあるはずだ。

「姫様を放せ！」

だが衛兵達は、引き金こそ引かないものの、銃は捨てずに構えたまま少年を取り囲む。

衛兵は次々と増えていく。脅《おど》しは通じない。だからと言ってもし本当に少女を殺したら、あとは捕まって死ぬより辛い目に遭《あ》わされるだけだろう。

少女にガラスを突きつけたまま、震《ふる》える少年。

そんな少年を、少女の瞳が肩越しに見上げている。

雪が降っている。

○

雪明かりが滲《にじ》むように広がり、エルエルフが目を開けた時、そこは無機質な部屋の中だった。

「お？　起きたか」

視界に映る五人の人影の内、そう言って顔を近づけてきたのは二年生の山田《やまだ》ライゾウ。他の生徒達には自分をサンダーと呼ばせている、自称『咲森学園番長《さきもりがくえんばんちょう》』だ。

「おい、聞こえてるか？」

サンダーの声を無視し、状況把握《はあく》に努めるエルエルフ。自分の体はベッドに寝かされて拘束されているが、抜け出す事はたやすい。特に負傷している訳ではないが、左足の隠しポケットが破れている。中に入れていた写真はそのままそこにあるようだが。

（見られたか……？　大した問題ではないが）

なのに何故《なぜ》か、ほんの僅《わず》かに不愉快な気持ちを覚える。

「ちっ、無視すんな……むかつくヤツだぜ」

自分を取り囲んでいるのはサンダーの他、生徒会長の連坊小路《れんぼうこうじ》サトミ、教育実習生の七海《ななみ》リオン、物理教師の貴生川《きぶかわ》タクミと、実情はどうあれ今のモジュール77で生徒達をまとめる立場の人間ばかり。

そしてもう一人。

ヴァルヴレイヴ一号機パイロット、時縞《ときしま》ハルト。

（……アードライに撃《う》たれた傷も、鉄柱に貫かれた足も、もう完治しているようだな）

あれからどれくらいの時間が経過したのか。エルエルフは眼球を動かして貴生川の腕時計の針を確認する。

「……六時間」

「え……？」

「何の事？」

思わせぶりに呟《つぶや》くと、ハルトと七海が反応する。七海はともかく、ハルトはすでに自分の発言の一つ一つを深読みせざるを得なくなっているはずだ。

だから、言ってやる。

「お前達の国が滅びるまでの時間だ」

「んだとぉ⁉」

「ああぁ、ちょっと！」

「やめたまえ、山田《やまだ》君」

「サンダーだ！」

エルエルフに食って掛かるサンダーを七海とサトミがたしなめる。ハルトは思いつめた表情で、苦々しく聞き返す。

「また……敵が来るって言うのか？」

「ARUSの護衛艦隊《ごえいかんたい》が全滅した今、お前達がARUSにヴァルヴレイヴを渡す事は事実上不可能。これでドルシアには手加減する理由がなくなった。掃討戦《そうとうせん》を仕掛けられれば、お前達に勝ち目はない」

ショーコの稚拙《ちせつ》な脅《おど》しなど、ドルシアは最初から相手にしていなかった。こうなる事は時間の問題だったのだ。

モジュール77は今、非武装中立地帯である月に向かっている。

人類の宇宙進出が加速し始めた後、月では宇宙開発の利権をめぐって二度の大きな戦争があった。その戦争が人類に残した爪痕《つめあと》は大きく、このままでは宇宙進出が頓挫《とんざ》してしまう、というまでに悪化した状況を受け、各国政府は月を恒久的《こうきゅうてき》な中立地帯とする協定を結んだ。

その協定――『静かの海協定』が結ばれたその年を、人類が共に宇宙進出を目指し新たに踏《ふ》み出した歴史の第一歩として、真暦元年《しんれきがんねん》としたのだ。

月での交戦を禁止する協定を破れば、他国のみならず内部からの批判も高まる事は確実。軍事盟約連邦《めいやくれんぽう》であるからこそ侵《おか》せないラインというものが存在するのだ。

なので、モジュール77が月へ辿《たど》り着くまでに、必ずドルシアは仕掛けてくる。

それは脅《おど》しでもなんでもなく、極めて蓋然性《がいぜんせい》の高い考察であった。

「時縞《ときしま》ハルト。契約の答えがまだだ」

「――っ！」

「俺と契約すれば救ってやる。お前も、この国も」

「…………」

歯を食いしばり、拳《こぶし》を震《ふる》わせるハルト。これだけ追い詰められてもまだ首を縦に振らない事に、エルエルフは呆《あき》れを通り越して感心の念すら抱いてしまう。

「決断は早い方がいいぞ。学生に犠牲《ぎせい》を出したくはないだろう」

そう言った途端、ハルト達全員を取り囲む空気が、凍りついた。

一人一人の表情を見回し、すぐその理由に思い至るエルエルフ。

「……どうやら、手遅れだったようだな」

「ふざけんな、てめぇもあいつらの仲間だろうがっ！」

「山田《やまだ》君、落ち着いて！」

「サンダーだっ！」

サンダーに襟首《えりくび》を摑《つか》まれながら、エルエルフは冷静に考える。

（この様子からして、死んだのはそれなりに慕《した》われていた人間のようだな……ならば、利用出来るかもしれない）

そんなエルエルフの冷たい瞳《ひとみ》を、ハルトの揺れる瞳が見つめている。

○

咲森学園《さきもりがくえん》、祠《ほこら》の前。

階段の一番上に腰掛けて、流木野《るきの》サキがひとり、透き通る声で歌っている。

風にとけるその歌声は、御霊送《みたまおく》りの調《しら》べ。

誰《だれ》に聞かせるでもなく、空へ向かって口ずさみ、悔しそうに瞼《まぶた》を伏せるサキ。

（……私に……力がなかったから……）

アイナとの出会いを思い出す。周りの生徒達が良くも悪くも特別扱いしかしてこない中、ごく自然に声をかけてくれた事。それ以降も、顔を合わせる度に普通に話しかけてくれた。先日の戦いでは、誰《だれ》よりも早く自分を応援してくれた。自分のためでいいと、認めてくれた。

（櫻井《さくらい》さん……あなた、言ってたわね。自分のために戦えない人は、きっといつか誰かを傷つけるって……本当に、その通りね）

待機室にいたはずのアイナは、なぜか格納庫《かくのうこ》で死体となって見つかったという。一人で向かったハルトが心配で、その後を追ってしまったのだろう。

（あんな事、言っといて……あなたは、誰かのために戦ってしまったのね……だからあなたの言う通り、私はこんなに傷ついてる……）

流木野《るきの》さん、と優しい声で自分の名を呼ぶ、アイナの笑顔を思い出す。

涙の代わりに、また、歌う。

○

櫻井アイナの死は、子供達だけの独立国という仮初《かりそ》めのネバーランドで無責任に浮かれていた生徒達にも暗い影を落とした。

「一年の櫻井さん、マジ……？」

「らしいよ……」

「俺達もこれから、どうなんだろ……」

「ちょっと……やめてよ……！」

「だってさぁ」

「仕方ないよ……だって、死んじゃったんだよ……？」

彼らにもようやく分かり始めていた。自分達の立場、状況が。

色々な事が一気に起こり過ぎたせいで、自分達を取り巻く現状をどこかフィクションのように思っていた。一時的なアトラクションのようなものだと思っていた。すでに多くの人が死んでいるのだという事を、上手く実感出来ていなかった。

これは、戦争なのだ。

独立する事も。大国を相手にする事も。

楽な事でも、ましてや楽しい事でなどあるはずがなかった。

男子生徒達の不安がる声。女子生徒達のすすり泣く声。

それらが、突如《とつじょ》として響《ひび》いた大きな音にかき消される。

「……ウゼェな。どいつもこいつも」

教室の隅《すみ》で、サンダーが机を蹴《け》り倒した音だった。

何もアイナが初めての犠牲者《ぎせいしゃ》という訳ではない。目の前で友人のノブが死んだ時、サンダーは十分すぎるほどに分かっていた。これが戦争である事を。

だからこそ、今まで能天気に構えていたくせに、急に自分達の事ばかりを心配し始める生徒達に苛立《いらだ》ちを感じずにはいられなかった。

それでも、手当たり次第に殴《なぐ》りかかったりせずに机に八つ当たりしたのは、彼らもまた戦争の犠牲者でしかない事が分かっていたからだ。

(泣いててどうすんだよ……戦うしかねぇだろうが……!)

その瞳《ひとみ》に強い意志を宿し、サンダーは教室を出ていく。

○

犬塚《いぬづか》キューマは、ピットでヴァルヴレイヴの調査を続ける貴生川《きぶかわ》に懇願《こんがん》していた。

「貴生川先生! 俺をヴァルヴレイヴに乗せてくれ!」

「……安全が確認されてからだ」

アイナの死を一番悲しんでいるのは、ある意味このキューマだった。

キューマはずっと、アイナに淡い想《おも》いを抱いていた。

淡い想いだと、自分でも思っていた。まさかアイナを失う事が、自分にこれほど大きな喪失《そうしつ》感《かん》をもたらすとは思ってもみなかった。

だから、分かった。自分はアイナの事が、本当に好きだったのだと。

「頼むよ……俺は、このままじゃ嫌なんだよ。仇《かたき》を取りたいんだ！」

そのためには、ヴァルヴレイヴに乗るしかない。それ以外に思いつかない。

だが。

「だったら、生きろ」

「え……」

作業中のモニタから目を外さないまま、貴生川は素《そ》っ気《け》なく、しかし真剣な表情で言う。

「彼女の分まで、生きてやれ」

「…………」

そんな綺麗事《きれいごと》を、今は聞きたくなかった。

○

「ごめんね、もっと早く気付いてあげられれば」

立ち入り禁止教室の中にあるダンボールハウス。

連坊小路《れんぼうこうじ》アキラの腕を縛《しば》っている縄《なわ》を、指南《さしなみ》ショーコが解いている。

学内クーデターが起きた時、アキラは真っ先にエルエルフに拘束されていた。戦闘《せんとう》や工作ではともかく、情報戦の分野ではアキラの技術は決して軽視出来ない。そのため、目的達成の最大の障害となると判断されたのだ。

それ以降、騒《さわ》ぎが収まりショーコがやってくるまで、アキラはずっと縛《しば》られたまま転がされていたという訳だ。

縄《なわ》を解きながら、ショーコがぽつぽつと呟《つぶや》く。

「色々あったんだ。料理とか……クーデターとか……敵の攻撃《こうげき》、とか……」

縄が解ける。アキラは背中を向けたまま、それでもなんとか声を出そうと口を開く。

「あ…………あり、ありが…………うぇっ？」

言い慣れないお礼を言おうとして、背後から聞こえてきた声に、驚いて振り返る。

「うっ……うぅっ、うぐっ……！」

ショーコの瞳《ひとみ》から零《こぼ》れ落ちる大粒の涙に、アキラは目を見開いた。

「ごめんっ……。泣かないって、決めてたのに……決めてたんだけど……っ」

アイナの死は、ある意味でショーコの責任だ。独立の立役者《たてやくしゃ》として、だからこそ自分が皆の前で泣く訳にはいかない――そう思って気を張っていたのだが、誰《だれ》も知らないこの小さな空間で、ついにその糸が切れてしまった。

「あ、え、や……あぅ……」

慌《あわ》てたのはアキラである。

ショーコが泣いている。自分の目の前で。

こういう時、一体どうすればいいのか？　アキラにはさっぱり分からない。

自分が誰かの前で泣いた事はいくらでもあるが、自分の前で誰かが泣くなど、アキラには初めての経験だった。

（ど、ど、どうすれば……何か、どうにか、してあげたいのに……）

ショーコは自分の事を気にかけてくれた。物を投げつけたりして拒絶《きょぜつ》したのに、それでもめげずに話しかけてくれた。今もこうして助けに来てくれた。そんな人にくらい、何かをしてあげたいのに――うろたえる事しか出来ない。

「あ……の……」

「アキラー？」

「はわわっ⁉」

最悪のタイミングで、外からの声。

「遅れてすまない。私も色々と忙しくて……ん？」

入り口のカーテンをめくって顔を出したのは、アキラの兄であるサトミ。

「指南《さしなみ》……？」

アキラの聖域である場所に、自分以外の他人がいる事に気付いて目を見張る。

「ふんぬっ！」

サトミの顔面めがけて、アキラのキックが叩《たた》き込まれた。足と顔の間にクッションを挟んでいる事が、妹としてのせめてもの情けであろう。

「見るなっ！　出てけっ！」

「え……え……？　なんで？　アキラが、私以外と……!?」

あり得ない光景に混乱する兄を無情に叩き出し、アキラはそのまま手近にあった物で入り口にバリケードを築く。

だが、泣き続けるショーコに声をかける事も出来ず、ただその背中を見守るだけ。

パソコンのディスプレイモニタの中、チェックしていたドルシア軍の動向にも気を配る余裕がなくなってしまった。

○

ドルシア軍、バァールキート級宇宙重巡洋艦《じゅうじゅんようかん》、ランメルスベルグ。

アードライが提出した、潜入《せんにゅう》任務により撮影《さつえい》した写真付きのレポートに、カインが満足げに目を通している。

「大佐の指摘通りでした。モジュール内最下層にて、完成品のヴァルヴレイヴ五体を確認しました。他にも、未完成なのか破棄《はき》されたのか、不完全な機体も多数確認しています」

中でも特にカインが気に入っているらしいのは、標本室の最奥《さいおう》にあった機体の写真。

他の不完全機と違い、その機体だけが、何故《なぜ》か一際《ひときわ》異質な不気味さを感じさせたのをアードライは覚えている。

「アードライ……これは良い写真だよ。とても良い……」

陶酔《とうすい》と言ってもいいほどのカインの笑みに同調するように、豪奢《ごうしゃ》なデスクの端に置かれている鳥籠《とりかご》が、かたりと揺れた。

(？　鳥籠が……？)

アードライがそれを不思議に思ったのは、鳥籠の中身が鳥ではなく、卵のような形をしたレトロなデザインの宝飾品だったからだ。そんな物が勝手に揺れる訳がない。

「ところで、エルエルフだが」

訝《いぶか》しげに鳥籠を見つめていたアードライは、その言葉に慌《あわ》てて居住《いず》まいを正した。

「特別扱いはそろそろ限界だ。改新前の古参兵を抑えるにも限界がある」

そろそろだろう、とは思っていた。

ドルシアの現総統《そうとう》は、クーデターによりドルシアの旧体制を覆《くつがえ》した男だ。だが、新体制が固まりつつある現在でも、今回の強引なジオール奇襲《きしゅう》などに納得していない旧王党派の残党が息を潜《ひそ》めており、何か隙《すき》があればそこから旧制復権を目論《もくろ》んでいる状態だ。

そこへ来て、新体制派のお抱えであるカルルスタイン機関の精鋭《せいえい》、エルエルフの裏切りは非常に大きなマイナス材料だった。

なんとかエルエルフを連れ戻して弁明させなければ、いかな直属の上司であるカインと言えど、旧王党派への面目《めんぼく》として粛清《しゅくせい》せざるを得なくなるだろう。

つまり、エルエルフの進退は、自分にかかっている。それは自分の目的のためにもマイナスでしかない。なのにまたしても連れ戻せなかった事を悔やみ、俯《うつむ》いて歯噛《はが》みするアードライ。

「だから——今回が、最後の機会だ」

だから、予想外にもう一度チャンスを与えられた事に、アードライは意気込んだ。

「っ、はい！　彼を拘束する学生を叩《たた》けば、エルエルフは戻ります」

アードライはそう信じている。ジオール人の学生、ヴァルヴレイヴのパイロット、時縞《ときしま》ハルト。あいつさえいなければ、と。

「次の作戦は君に任せる。潜入《せんにゅう》の成果はこの写真だけではあるまい？」

「はっ！　ありがとうございます！」

「ブリッツゥン・デーゲン」

「ブリッツゥン・デーゲン！」

敬礼を残し、アードライは勇んでブリッジを出ていく。

その背中を見送りながら、若いな、とでも言うように、カインが目を細めて笑う。

そして再び、かたかたと、鳥籠《とりかご》の揺れる音。

目をやると鳥籠が──鳥籠の中の卵のような宝飾品が、ひとりでに小さく揺れている。

「分かっているよ、プルー」

誰《だれ》にともなく、カインは小さく呟《つぶや》いた。

◯

「四〇分で仕上げろ。君達なら出来るはずだ」

格納庫《かくのうこ》でイデアールの整備をしている整備員達に、副官のクリムヒルトが声をかける。

二〇代という若さで副官にまで上り詰めたクリムヒルトは、その容姿の美しさも相まってクルー達の中でも秘かに人気が高い。本人にそんな自覚はないのだが、こうしてたまに声をかける事はクルー達にとって何よりの激励《げきれい》となっている。

「んん～、相変わらず美しいねぇ、クリムねーさん」

そこへ近づいてきたハーノインが、いつものように軽薄《けいはく》な声を出す。横から生真面目《きまじめ》な顔でそれをたしなめるのも、いつものようにイクスアインだ。

「上官だぞ」

「男と女だ」

「いや、大人と色ガキだ」

「ぶっ、あはははは！」

にべもないクリムヒルトの返事にクーフィアが腹を抱えて笑い出す。そんな反応にも慣れっこなハーノインは、めげた様子もなくおどけてみせる。

「だったら、僕を大人にして下さい！　ぜひ！　お願いします！」

「やめろ……」

怒り半分、呆《あき》れ半分のイクスアインの声を聞きながら、クリムヒルトはハーノイン達に向き直り、空気に流される事なく真面目な顔で。

「……カイン大佐は、なぜエルエルフの事を上に報告しないの？」

「え？」

突然の質問に、ハーノインが目を丸くする。

「めんどくさいから？」

「報告するには、情報が不確定すぎるからでしょう」

「そう……そうね」

口では肯《うけが》うものの、その表情はとても納得した様子ではない。彼女の中では、カインへの疑念がだんだんと膨《ふく》らみつつある。

迷いを見せる背中を、思いの外《ほか》真剣な表情で見つめているのはハーノイン。カインに絶対服従のイクスアインや、何も考えていないクーフィアとは違い、彼だけはクリムヒルトの疑念に薄々感づいているようだった。

「……イデアールの整備が終わり次第、状況を開始する。お前達も準備しろ」

「了解」

「はーい」

「……はいよ」

モジュール77が月へ到着する前に、なんとしても叩《たた》かなければならない。葛藤《かっとう》はひとまず押し隠し、クリムヒルトはドルシアの軍人として踵《きびす》を返した。

○

再び、モジュール77。

アキラの部屋を追い出されたサトミは、苛《いら》つく気持ちを抱えたまま、司令室へ向かって無重力通路を泳いでいた。

「指南《さしなみ》、指南か……ん？」

通路の先で、何やら言い争う声が聞こえる。

「いいからよこせよ！」

「駄目です、会長の許可もなしに……」

「何が許可だ！　四の五の言ってる場合じゃねぇ！」

声の聞こえる方へ通路を曲がって進んでいくと、ジオール兵用の武器庫で、サンダーと生徒会メンバーがもみ合いになっていた。

「落ち着いて下さい……！」

「こんな状況で落ち着いてられるかぁっ！」

「備品を勝手に持ち出すのは禁止したはずよ！」

「何をしている！」

「会長、彼が勝手に……」

サンダーの周りでは、いくつもの銃器《じゅうき》が宙を漂っている。どれでもいいから手当たり次第に持ち出したといった感じだ。

「ARUSの艦隊《かんたい》もやられちまったんだ、俺達で戦うしかねぇだろ！」

他の生徒達と違い、サンダーは今までずっと、ぶれる事なく自分を保ち続けている。その事が、その信念が、サトミにも分からない訳ではない。しかし。

「これ以上、仲間が死んでもいいのかよ！」

「我々は学生だ。戦争なんて……それに、ジオールの法律は民間人の銃の所持を禁じている」

「馬鹿かテメェは？　敵が攻めてきてんだぞ、仲間が死んでんだ！」

「戦ったら、もっと死ぬ！」

サトミにも、譲《ゆず》れないものがある。守るべきものがある。

信念を持つ者同士、主張は違っても互いの目の奥に宿る炎には気付く。口を閉ざし、どちらの炎がより燃え盛っているかを比べるかのように睨《にら》み合う二人。

その時――

『っ！』

施設内に、警報が鳴り響《ひび》いた。

予想よりもはるかに早い、ドルシア軍の再襲撃《さいしゅうげき》だった。

○

軍施設内で見つかったヴァルヴレイヴ用のパイロットスーツに身を包み、ハルトがコクピットへ乗り込む。頼んだぞ、と整備班の学生の声。

ハンガーから射出口へ。カタパルトが機体を固定し、ガイドマーカーが光る。

「時縞《ときしま》ハルト、ヴァルヴレイヴ、ボックスアウト！」

ドルシア軍との戦闘《せんとう》を繰《く》り返す間、ハルト達は霊屋《おたまや》の知識や貴生川《きぶかわ》のアドバイスなどから、出撃時《しゅつげきじ》のシークエンスをある程度系統立《けいとうだ》てていた。ボックスアウト、という出撃の合図もその一環だ。それにより、奇《く》しくも学生達はエルエルフの思惑通り、今はまだ形だけながらも軍隊としての体裁《ていさい》を整えつつあった。

赤い硬質残光《こうしつざんこう》を放出させながら、ヴァルヴレイヴが宇宙空間へ飛び出す。

そのコクピット内、スクリーンに映る無数の敵影《てきえい》を睨《にら》みつけ、ハルトは呟《つぶや》く。

「アイナちゃん……ごめん……でも、もう！」

もう二度と、アイナのような犠牲《ぎせい》は出さない。

その強い意志が、ハルトの動きから迷いを取り去る。

手首のクリア・フォッシルからレイヴ・エネルギーを放出し、硬質化した残光でバッフェを刺し貫く。爆風を背に飛び、敵機の機銃掃射《きじゅうそうしゃ》を回避《かいひ》しつつ頭部のバリアブル・バルカンで敵群を牽制《けんせい》、飛び出してきた一機をすれ違いざまに撃墜《げきつい》する。

そのままもう一機に接近、アイゼン・ガイストでの防御はフォルド・シックルでこじ開け、至近距離から放たれるデュケノワ・キャノンを身をひねってかわし、勢いを利用して頭部に踵《かかと》落《お》としを叩《たた》き込む。

踵から放出された硬質残光が杭《くい》のように頭部を貫き、三機目も爆散。

僅《わず》か数十秒で繰り広げられたその攻防に、少し遅れて出撃したサキが目を見張る。

「ハルト、すごい……！　私だって！」

アイナの死に対する憤《いきどお》りは、ハルトよりもサキの方が大きかったのかもしれない。

六本のマルチレッグ・スパインの先端で緑色の硬質残光が足場となる。それを蹴《け》って銃撃をかいくぐりながら、両肩のスピンドル・ナックルを投擲《とうてき》する。レイヴ・エネルギーを纏《まと》った二つのホイールはサキの意のままに宇宙空間を飛び、次から次へとバッフェを撃墜していく。

「どう、櫻井《さくらい》さん。練習したんだから」

届く事のない言葉を呟く。そうする事で、アイナの存在を感じるように。

その時、スクリーンが新たな敵影を捉《とら》えた。

「またあいつ……！」

イデアール。先の戦闘で苦しめられた電磁吸着ブーメランの発射装置も装備している。

「あの銀色を使われる前に……」

距離を取るか、接近して一気に落とすか——そう目の前のイデアールに集中していると、スクリーンがさらに別方向から接近する敵機の存在を告げた。

『僕だよ本命は！』

「もう一機!?」

イクスアイン機に注意を向けている間に、クーフィア機が高速で接近、両腕から吐き出された電磁吸着ブーメランのサーバが群れとなってカーミラに襲《おそ》いかかった。

慌《あわ》てて硬質残光を噴射させ、サーバの群れから飛んで逃げるが、サーバは執拗《しつよう》にカーミラを追尾し、次々と装甲《そうこう》に貼りついてカーミラの自由を奪っていく。

「ぐぅっ……踊《おど》れない！」

上手く飛べなくなったカーミラに、イデアールのビームが直撃《ちょくげき》する。レイヴ・エネルギーを纏《まと》ったＶＬＣポリマーの装甲はそう易々《やすやす》とは傷つかないが、それでも徐々にダメージが蓄積《ちくせき》していけばいずれは破壊される。

「流木野《るきの》さん！」

援護《えんご》しようと近づいたハルトが、サーバに向かってボルク・アームを撃《う》つ。しかし無数に飛び交う小さなサーバにその攻撃はほとんど意味を成さず、一号機にもまたサーバが少しずつ貼りついていく。

最初に多くのサーバがカーミラに貼りついた分、ハルトの一号機はまだある程度の自由を保っている。しかしいつも通りの機動には敵《かな》うべくもなく、カーミラをかばうように攻撃を受けるのが精一杯な状態だ。

「ハルト！　……私が、足手まといになってる……！」

相手が近づいてくれれば、不意打ちの一撃くらいは食らわせてやれるかもしれない。しかしイデアールは慎重に距離を取り、オーバーヒートを狙ってヴァルヴレイヴを休ませない程度の攻撃を続けてくる。

『私の分析によれば、一定時間を経過すると、あの兵器は稼動《かどう》を停止する……撃破する必要はない。ただ休ませなければいい』

派手さもフェアさも必要ない、ただリスクを減らし勝率を上げる。イクスアインによる、実に彼らしい戦い方だった。

イクスアインの狙い通り、一号機のコンソールモニタに表示される熱量はすでに85％を通り越し、留まる事なく上がり続けている。

「くっ……このままじゃオーバーヒートして……！」

オーバーヒートの後、６６６まで持ちこたえる事が出来ればハラキリが使える。しかし敵側もすでにその奥の手は知っているので、機能停止時間をそのまま放置するはずがない。

「どうする……どうすればいい……！」

焦《あせ》りに歯を食いしばり、必死に考えを巡《めぐ》らせるが、何も思いつかずに逆に頭の中は真っ白になっていく。また、守れないのか——そう思った、その時。

「えっ……」

ハルトの脳裏に、見慣れた優しい笑顔がよぎった。

「アイナちゃん……」

それは夢か、妄想《もうそう》か、戦場の高揚《こうよう》が見せた幻覚か。

それでもその時、ハルトは確かに、アイナの存在を感じた。

アイナは言う。

『ハルトさんは、私達の仲間です』

「仲間……」

その言葉で思い出す。

自分には、共に戦って敵を倒した仲間が、もう一人いる事を。

○

司令室。

厳しい表情で飛び込んできたサトミが、オペレーター席に座る野火《のび》マリエに声をかける。

「戦況は⁉」

「よくない……」

大型のメインスクリーンには、電磁吸着ブーメランに追いかけられるカーミラが映し出されている。一号機が援護《えんご》に向かうが、有効的な対処法がない。

サトミは貴生川《きぶかわ》や霊屋《おたまや》と話し合い、電磁吸着ブーメランの対策を立てている最中だったが、ドルシアの再襲撃《さいしゅうげき》には間に合わなかった。スクリーンに映される戦闘《せんとう》の様子をなす術《すべ》もなく見守るしかなく、歯噛《はが》みするサトミ。

その時、大きな衝撃《しょうげき》が学園を揺らした。

「なんだ、どうした⁉」

「海に、戦艦《せんかん》が……！」

マリエが切り替えた画面の中、モジュール77の海上に、複数の戦艦が並んで学園の方へ砲塔《ほうとう》を向けている。先程の衝撃はこの戦艦からの砲撃によるもので、着弾地点は海岸沿いだった。

「ドルシアの戦艦じゃない……あの形は、ジオールの⁉」

サトミの言葉は正しい。

宇宙で起きている戦闘の裏で、小型の輸送艦がモジュール77の地下外殻《がいかく》にある資材運搬用のゲートの一つに接舷《せつげん》していた。乗っていたのはアードライと複数のドルシア軍人。以前の潜入《せんにゅう》の時に目立たない場所にあるゲートのロックを解除していたのだ。

そうして三度モジュール77に入り込んだアードライは、敵に奪われる可能性も考慮せずに戦艦を放置していた学生達の浅慮《せんりょ》に呆《あき》れつつ、戦艦を奪って砲撃を開始した。

『ジオール国民の諸君。武器を捨て、降伏したまえ。これより、一分につき一〇〇メートル、着弾地点を近づけていく』

艦橋のメインマストに取り付けられた大型のスピーカーから、アードライの声が学園にまで届く。それがただの脅《おど》しでない事は疑いようもなかった。

「……くそっ！」

意を決した顔で、サトミが司令部を出てゆく。

宇宙での戦闘も重要だが、命の危険があるのはむしろこちらだ。サトミにとっては、今校舎にいる大勢の生徒達を救う事が先決だった。

「またかよ！　何が諸君だ！」

エルエルフを拘束している研究室で、見張り役のサンダーが忌々《いまいま》しそうに吐き捨てた。

様子を見に来た二宮《にのみや》タカヒが、スマートフォンのフォロモニタで司令室のスクリーンと同じ画面を見ている。

『我々の攻撃《こうげき》が、校舎に着弾する前に答えを出したまえ』

「降伏勧告《かんこく》か……泥臭《どろくさ》い掃討戦《そうとうせん》を嫌うお前らしいな、アードライ」

突然口を開いたエルエルフに驚いて一歩下がるタカヒ。逆にサンダーは前に出て詰め寄る。

「てんめぇ、仲間が来たからって妙な事考えんじゃねぇぞ」

「元、仲間だ」

言っている内にも、第二射、第三射がモジュールを揺らす。砲撃《ほうげき》の様子をモニターで見ながら、タカヒが不安な声を上げる。

「攻撃が、どんどん近づいてきますわ……」

「おいタカビー女、俺にも見せろ」

「なっ、誰《だれ》がタカビー女ですの誰が！　あっ、ちょっと！」

「ちっ……どうすんだコレ……」

タカヒからスマートフォンを奪い、モニタを見ながら顔をしかめるサンダー。そのあまりにぞんざいな自分への態度にタカヒは腹を立てる。こんな下品な男が、私に！

「ちょっとあなた……」

「スパイはいるか！」

「おぉ？」

サンダーに詰め寄ろうとしたタカヒは、いきなり扉を開けて入ってきた人物の声にその行動を遮《さえぎ》られた。

「サトミ⁉」

大股で近づいてきたサトミはいつになく切羽詰まった表情でタカヒを無視し、拘束されているエルエルフに校内放送用のマイクを突きつける。

「ドルシア軍の仲間に命乞いしろ！　お前を人質《ひとじち》にして、ドルシア軍と交渉する！」

「断ったら？」

「っ！」

まるで、お前の言う事などまともに相手をする価値もない、とでも言いたげなエルエルフの返答に、サトミの頭に血が上る。

「あ？」

サトミは、サンダーが肩にかけていたアサルトライフルを奪い、エルエルフに突きつけた。

「サトミ⁉」

「おい！」

「私は生徒会長の連坊小路《れんぼうこうじ》サトミだ！　学校の危機は、私が解決してみせる！」

　言いながらも、その息遣《いきづか》いは荒々しく、引き金にかける指は小さく震《ふる》えている。人に銃《じゅう》を向ける事などもちろん初めてだ。少し指を曲げるだけで、相手の命を奪う事が出来る。その状況に無意識下で怯《おび》え、サトミの額に冷や汗が噴き出る。

　薄く目を開いたエルエルフは、冷静な態度を保ちつつも、少しだけ危険を感じていた。

（連坊小路サトミ。計算能力や状況判断力に優れ高い実務力を有するが、本質的な部分で気の弱いところがあり、自分で自分の器《うつわ》を信じ切れていない節《ふし》がある。普段はそれを隠すために努めて尊大に振舞《ふるま》っているが、そのため強迫観念《きょうはくかんねん》にも似た責任感を背負っており、それはいざとなれば行動に繋《つな》がるだろう。さて、どうしたものか）

　サトミがここで引き金を引く可能性も十分にあり得る。本人にそのつもりがなくとも、素人《しろうと》は何のはずみで指先を曲げてしまうか分からない。

（タイミング的には、そろそろのはずだが……）

　エルエルフは、今、ある事を待っている。

　もし、それが来ないようなら――

「会長！　やめて下さい、やめて！」

飛び込んできたのは、ショーコだった。

荒い息をつきながら、ゆっくりとショーコに顔を向けるサトミ。引き金を引けなかった悔しさと、引き金を引かずに済んだ安堵《あんど》と、何も解決していない現状と……強張《こわば》った顔のまま、声も出せずにただショーコを見つめている。

「遅れて、ごめんなさい……ハルトが、そいつに話があるって」

アキラの部屋で警報を聞いたショーコは、涙を拭《ふ》いてサトミよりもやや遅く司令室へと向かった。その途中でハルトからの電話を受け、進路を変えてここへ来たのだ。

ショーコがスマートフォンをエルエルフへと向ける。エルエルフは、来たか、と小さく笑い、フォロモニタの向こうでハルトが何かを言うよりも先に、用件を先取りして喋《しゃべ》り出す。

「八人だ」

「え？」

「俺なら、たった八人の犠牲《ぎせい》でドルシアに勝利してみせる」

それより少ない犠牲はあり得ない、と言うようなエルエルフの口調に、しかしハルトはフォロモニタ越しに厳しい視線を向ける。

『駄目だ。全員助けるんだ』

「時縞《ときしま》！　こいつに作戦を考えさせるつもりか！」

「ざけんな！　こんなヤツの考えた作戦なんてよぉ！」

案の定、サトミとサンダーからの反対意見。しかし言いくるめるのは簡単だ、と再びエルエルフが口を開こうとした時。

『信じる！』

聞こえたハルトの声に、一瞬言葉《いっしゅん》を失った。

『君にだって、ここで終われない理由があるんだろう！　僕もそうだ！』

「やめて時縞《ときしま》君！　悪魔と取り引きするようなものよ！」

『大丈夫です、呪《のろ》いならすでに受けてますから』

「えぇ？」

意味が分からず首を傾《かし》げるタカヒ。電話の向こうからは戦闘中《せんとうちゅう》の激しい音が聞こえてくる。

『僕はみんな救ってみせる。学校のみんなも、お前と、写真の人もだ！』

やはり見られていたか、と僅《わず》かに眉を顰《ひそ》めるエルエルフ。ずっと前に聞いた、半分こに、という声が脳裏に蘇《よみがえ》る。

「……戦争に巻き込まれても、お前の甘さは直らないようだな」

『コーヒーは砂糖入りが美味《おい》しいんだ。苦すぎる君と合わせたら、ちょうどいい味になる』

こんな時によくそんな事が言えるものだ、とエルエルフは笑いそうになってしまう。だがハルトは至って真剣な様子で続ける。

『取り引きだ、エルエルフ。勝利のために、平和のために。二人の夢を叶《かな》えるために！』

そしてハルトは、モニタ越しにエルエルフへ向けて、指を二本立てた。

「……夢……」

ピース。平和のサイン。契約の合図。

ふ、とエルエルフは笑った。

「前言撤回《てっかい》だ」

『え……？』

エルエルフが、ゆっくりと身を起こす。

すると、エルエルフの体をベッドに縛《しば》り付けていた拘束帯のバックルが、体に押されて次々と外れていった。

「うぉっ⁉」

「ちょっ！」

「うそうそ！」

あまりにも簡単に拘束を抜け出したエルエルフに、タカヒとショーコは後ずさり、サンダーとサトミは慌《あわ》てて銃《じゅう》を向ける。

まるで手品のようだがそのトリックは単純だ。エルエルフは、身を潜《ひそ》めて地下施設を探っていた時に拘束器具のある場所も探しており、自分が拘束された時にはいつでも抜け出せるよう細工を施していた。ここの場合、バックルの内部に手を加え、横から引っ張っても絶対に外れないが下から強く押せば簡単に外れるようにしておいたのだ。

「お前の言う通り、犠牲者《ぎせいしゃ》はゼロでいく」

これもまた、エルエルフの欺瞞《ぎまん》である。エルエルフは最初から、犠牲者ゼロで作戦を作っていた。だが、先に犠牲が出ると示しておいた上で犠牲をゼロにする事によって、自分がハルトや学生達にとって利のある存在だと印象付けるという思惑《おもわく》だった。

もっとも——

（そんな小細工が必要ないくらい、アイツは甘いらしい）

コーヒーには砂糖を入れない主義のエルエルフは、苦い笑みを浮かべた。

○

海上のジオール戦艦《せんかん》からの砲撃《ほうげき》は、アードライの宣言通り、きっかり一分毎《ごと》にだんだんとその着弾箇所《かしょ》を校舎の方へと近づけていった。

その間、学園側からの反応は一度もない。エルエルフが接触を図《はか》ってくるか、さもなくば学生達が白旗《しらはた》を揚《あ》げるかと思っていたのだが。

「時間です」

「意外と強情《ごうじょう》だな」

時計が再び一分を刻んだ事を告げられ、アードライが哀れむような目を学園に向ける。

「構わん。校舎を狙え」

「はっ」

アードライから副長へ、副長から砲術士へと下令《かれい》。砲術士が砲塔の向きと角度を調整し、学園校舎へ向けて直接の一撃を撃《う》ち込もうとした、次の瞬間《しゅんかん》。

戦艦が、大きく揺れた。

「なんだっ⁉」

床面が傾《かたむ》き、立っていられなくなる。支えにしがみついて外の様子を窺《うかが》うアードライ。

「なんだと……」

海面に、大きな波が立っている。

しかもただの波ではない。波は弧《こ》を描《えが》きながら一点に向かい収束している。

モジュール77の海上では、今、大きな渦潮《うずしお》が発生していた。

「モジュールの海で渦潮だと……馬鹿な！　あり得ない！」

渦潮とは、潮流の速さや方向の著《いちじる》しく異なる場所の境《さか》い目に発生するとされている。大きな海流のないモジュール内の海で、渦潮が発生するはずがなかった。

だが、現実。目の前で起きている渦潮は、艦隊を転覆《てんぷく》させるほどに勢いを増している。

「海水が……流出していきます！」

「流出……!?」

通信士が、宇宙からの映像をモニタに映す。そこに映っていたのは、モジュール77の外壁から勢いよく海水が噴き出している映像だった。

その現象から導き出される結果を推測し、アードライが表情を歪《ゆが》める。

「これは……エルエルフの作戦か……っ！」

○

機体を捕らえるイデアールのアームをこじ開け、動けなくなったカーミラを抱きかかえて、赤い硬質残光《こうしつざんこう》の尾を引きながら一号機が飛ぶ。

『逃がさないよぉっ！』

クーフィア機とイクスアイン機がその後を追う。短距離の加速力ならヴァルヴレイヴの方が遥《はる》かに上回るため、まともに機体が動かない状態でもある程度なら逃げられる。

『緑のヴァルヴレイヴをつれて、ポイントLの30―74に移動しろ』

コンソールの中央に置いたスマートフォンからエルエルフの指示が届く。指定された場所はモジュールの外壁。

「ついたぞ。ここからどうする？」

『緑色を左後方70度に置け』

電話の向こうからは、エルエルフの声と銃撃《じゅうげき》の音が聞こえてくる。モジュール内にドルシア兵が侵入していると聞いてすぐにでも戻りたかったハルトだが、イデアールの相手が出来るのは自分達しかいない。犠牲者《ぎせいしゃ》はゼロでいく、と言ったエルエルフを信じるしかなかった。

「次は……」

『区画20—784をライフルで破壊しろ。最大出力だ』

「そんな事したら……！」

ボルク・アームの最大出力で撃《う》てば、モジュールの外壁には大きな穴が開くだろう。それに加え、ヴァルヴレイヴの熱量は現在すでに90％を超えている。今撃てば一気に熱量限界を突破して停止してしまうはずだ。正気の沙汰《さた》ではない。

それでも——

「いや……信じるんだ」

バケモノになった自分を、アイナは信じてくれた。仲間だと言ってくれた。

だから、自分も信じる。エルエルフを。

『目標は、B41隔壁《かくへき》』

言われるがままにモジュールの隔壁にボルクの銃口を向け、レイヴ・エネルギーを流し込む。

ヴァルヴレイヴの狂態《きょうたい》に戸惑ったように、イデアールが動きを止める。

『モジュールを撃《う》つのか!?』

『おかしくなっちゃったかなぁ？』

ハーノインとクーフィアが成り行きを見守る中、ボルクのエネルギーは臨界《りんかい》に達し、放たれた巨大な光の槍《やり》がモジュールの外壁に突き刺さった。

熱量限界を一気に振り切るヴァルヴレイヴ。ボルクの一撃《いちげき》は隔壁《かくへき》を貫通し、そこに大きな穴を開け、その穴から——

隔壁の向こう側にあった海の水が、勢いよく噴き出した。

真空のゼロ気圧で沸点《ふってん》の下がった海水が、蒸発によって気化熱を奪われ、氷の雨となってヴァルヴレイヴに降り注ぐ。

その飛礫《つぶて》を浴びた電磁吸着ブーメランのサーバが、次々と凍りついて装甲《そうこう》からはがれ始めた。

「銀色がはがれてく！」

感嘆の声を上げるサキ。その余りにも予想外な対処法に、イクスアインは驚愕《きょうがく》する。

『海水でサーバを氷結させた!?』

『はがれてんじゃん！』

それだけではない。海水流出の影響《えいきょう》によりモジュールの海上では大きな渦潮《うずしお》が起きており、学園校舎を狙っていた艦隊《かんたい》を転覆《てんぷく》させていた。

『外と内を同時に片付けやがった！』

忌々《いまいま》しそうに吐き捨てるハーノイン。さらに、無数の氷の粒は熱量の上がったヴァルヴレイヴの機体を冷却《れいきゃく》し、カーミラの活動限界までの時間を延《の》ばしてもいる。一石二鳥、三鳥の実に効率的なエルエルフの作戦だった。

モジュール側からの区画閉鎖《へいさ》により、海水の噴出が止まる。

『作戦失敗、好きにやっていいって事だよねぇ！』

むしろ待ってました、と言わんばかりにクーフィアのイデアールが動く。

そこへ、プラズマを放ちながら高速回転する二つのホイールが襲《おそ》いかかる。

「CMは終わり、ステージ再開よ！」

サキの操《あやつ》るカーミラが、クーフィアのイデアールと向かい合う。

スパインを駆使し、硬質残光《こうしつざんこう》の足場を蹴《け》りながら、カーミラと踊《おど》るサキ。

だが、相手の方がカーミラの動きに慣れてきたのか、クーフィア機の容赦《ようしゃ》ない攻撃が少しずつカーミラを追い詰め始める。

「今度こそ、やってみせる……一人でも……！」

表情を歪《ゆが》ませて、操縦桿《そうじゅうかん》を強く握り締めるサキ。

その妄執《もうしゅう》が、必ずしも人を強くする訳ではないという事に、サキはまだ気付いていない。

敵への怒り。憎しみ。無力な自分への憤り。

そんな黒い感情の全てが、サキの脳裏を埋め尽くそうとする。

そんな黒い感情の全てを——

唐突に打ち消す、温かい光が、サキの中に生まれた。

「……櫻井《さくらい》さん……？」

それは夢か、妄想《もうそう》か、戦場の高揚《こうよう》が見せた幻覚か。

それでもその時、サキは確かに、アイナの存在を感じた。

「櫻井さん……いるの？　ここに？」

頭の中か、胸の中か、それとも心の中なのか……自分の中に感じるアイナに、サキは小さく声をかける。

『流木野《るきの》さんは、もう一人じゃないよ』

それは、自分の願望が作り出した、都合のいい幻聴だったのかもしれない。

それでも。

（櫻井さん……流木野さん、か）

確かに聞こえたアイナの声に、サキはある事を思い出して切ない笑みを浮かべる。

それは、アイナと、ハルトやショーコ達を見ていていつも思っていた事。

（結局、言いそびれちゃったな）

本当はいつか、アイナと呼びたかった。いつか、サキと呼んでほしかった。

友達になって下さい——その一言が、言えなかった。

一方、ハルトの一号機は、熱量限界を突破して機能を停止している。

一時はかなりの勢いで666%に向けて上がっていた熱量だが、今度は先程の冷却《れいきゃく》が災《わざわ》いし、上昇の勢いが弱まっている。

「上がってくれ……早く……！」

なす術《すべ》もなく。ただ熱量の目盛りを見る事しか出来ないハルト。そんな格好の的を、敵が見逃すはずもない。

『動きが止まってる内に！』

ハーノイン機が接近してきて、翼下《よくか》にマウントされた大型ミサイルランチャーの砲門《ほうもん》が全開になる。レイヴ・エネルギーを纏《まと》っていない状態のVLCポリマーでは、その斉射《せいしゃ》を受ければ流石にひとたまりもない。

砲門から破壊の塊《かたまり》が撒《ま》き散らされようとした、その刹那《せつな》――

宇宙空間を裂いた一条の光が、砲門に直撃し、装塡《そうてん》されていた弾薬を誘爆させた。

『なんだとぉっ⁉』

現れたのは、ジオール軍のスプライサーG型。高機動仕様のZ型に比べて一回り小柄な機体で、実体弾をメイン兵装としている。

そんな頼りない戦闘機で、ドルシア軍の誇る独立戦艦《せんかん》イデアールに痛烈な一太刀《ひとたち》を浴びせたパイロットは、もちろんこの男。

「熱量をチャージする時間は稼《かせ》がせてもらう」

一人旅団《ひとりりょだん》、エルエルフ。

小型のスプライサーを巧みに繰《あやつ》り、比べるとまるで巨人のようなイデアールを相手に、機首を巡らせ怯《ひる》む様子もなく向かっていく。

メイン兵装である、小型のビームライフルを発射。だがそのビームは、イデアールを外れて向こう側へと飛んでいく。

『どこを狙っている！』

「いや、狙い通りだ」

ビームはイデアールを通り過ぎ、そして。

『なっ……！』

ハルトの乗っているヴァルヴレイヴに、直撃《ちょくげき》した。


エルエルフの乗っているスプライサーから、一直線にビームが飛んでくる。

ヴァルヴレイヴの熱量はまだ６６６には届かず、当然機体は動かない。回避《かいひ》する事は不可能だ。まさか、ここへきてエルエルフが裏切ったのか？　一瞬《いっしゅん》、絶望が胸を締めつける。

「うわぁーっ！」

そして、ビームが直撃《ちょくげき》し……ハルトは、エルエルフの真意を悟る。

スプライサーG型のメイン兵装は、Z型に比べて大きさも威力も格段に下回る。その程度の攻撃なら、レイヴ・エネルギーを纏《まと》っていない状態のVLCポリマーでも耐えられるのだ。エルエルフがわざわざ弱い機体で出撃したのはそれが理由だった。

つまり、エルエルフの思惑は、機体を破壊しない程度のビームを食らわせ、ヴァルヴレイヴの熱量を一気に跳ね上げる事。

「乱暴なヤツだな、全く……！」

だがそのおかげで、熱量が急激な上昇を始めた。
６４９、６５８、６６５……
「きたぞ！」

ヴァルヴレイヴが、黄金の光に包まれる。

『目標は後方の艦隊《かんたい》だ。座標は０３２―３１６』

エルエルフの指示を聞きながら、ハルトはヴァルヴレイヴの胸の中にある動力源である球体、レイヴを露出《ろしゅつ》させ、その隙間《すきま》に向かって逆手《さかて》に持ったジー・エッジの刃《やいば》を刺し込む。

迸《ほとばし》る光。吸収し切れなくなった熱量を直接エネルギーに変換し、強制排出する手段。

『そのカタナごと破壊してやるっ！』

イクスアイン機が突っ込んでくる。過去に見たこの攻撃は、発動までに数秒の時間がある。

ならばその隙《すき》に、という考えは的外れではないのかもしれないが。

『動きが直線的過ぎるぞ、イクスアイン』

ヴァルヴレイヴに気を取られているイクスアイン機の横腹へ、エルエルフのスプライサーが機体ごと突撃した。

G型の脆弱《ぜいじゃく》な兵装ではイデアールをまともに足止めする事など出来ない。だが流石に機体を犠牲《ぎせい》にしたその攻撃は、イクスアイン機の動きを止める。

（ジオールでは、こういう攻撃の事を『カミカゼ』と言うのだったか）

爆発し、バラバラになるスプライサー。コクピットが放り出されるが、ドルシアに回収される可能性を忌避《きひ》し、エルエルフはあえてコクピットを脱出し、宇宙服で単身、宇宙空間へと身を躍《おど》らせる。

そして、ヴァルヴレイヴの方へ向けて、指を二本立てた。

「エルエルフ！」

勝利を意味してなのか、平和を意味してなのか、それともただ単に契約の合図なのか。もしかしたら、エルエルフ自身にも定かではなかったのかもしれない。

レイヴからカタナを引き抜くヴァルヴレイヴ。

黄金の光の柱と化したその刃が、ドルシア艦隊《かんたい》に向けて、振り抜かれた。

○

「退避《たいひ》だ！　急げ！」

クリムヒルトが切羽詰まった声を上げる。

だが後退は間に合わず、襲《おそ》い来る光がすぐ隣《となり》の艦隊《かんたい》を飲み込む。

そのたった一撃《いちげき》で、一〇以上の戦艦が次々に沈んでいった。

「あ……ああ……」

以前に見た一撃は、アードライのイデアールの片翼《かたよく》を奪っただけだった。だが、命中すればこれほど想像を絶する威力なのか。クリムヒルトは驚愕《きょうがく》に口を震《ふる》わせる。

これは一体なんなんだ？　単機の有する戦闘《せんとう》能力ではない。こんなものをジオールが？　あり得ない、信じられない……と、クリムヒルトの疑問はさらに深まる。

そして、まばゆい黄金の光に目を細めながら、カインは。

「おお……やはりこれは、『情子《ルーン》』の光……！」

歓喜《かんき》するがごとくに、笑っていた。

○

雪が降っている。


「姫様を放せ！　撃《う》つぞ！」

「はぁっ、はぁっ、はぁーっ……」

少女の首筋に、割れたガラス細工の髪飾りの破片を突きつけ、少年は荒い呼吸を繰《く》り返す。

周りを取り囲む衛兵《えいへい》の数は増える一方。脅《おど》しが効いて銃《じゅう》を手放すような様子もない。

もう駄目だ。もう逃げられない。自分はここで、殺されるんだ。

寒さと恐怖で、少年の体はがたがたと震えている。

片《かた》や、少年に捕らえられた少女は、綺麗《きれい》で温かい服に身を包み、きょとんと少年の顔を見ながら呑気《のんき》に状況を把握《はあく》する。

どうやらこの少年は、もうすぐ殺されてしまうらしい。

だが、少年は死にたくないらしい。

だったら——

「だったら、半分こにしましょう？」

「えっ……半分、こ……？」

何も恐れていない無邪気な瞳《ひとみ》に見つめられ、少年は戸惑う。

少女は自分達に、正確には少年に銃《じゅう》を向けて取り囲む衛兵《えいへい》達に向き直り、口を開く。

「皆さん、私の命を半分あげます」

衛兵達が、唖然《あぜん》と少女の顔を見る。

「だからこの人に、私の分の命をあげてくれませんか？」

少女が何を言っているのか、少年には全く理解出来ない。

「い……命を半分なんて、出来る訳ない……！」

震《ふる》える少年に、少女は微笑んで。

「あっ……！」

少年が手にしたガラスの破片を、その小さな手で奪った。

そしてそれを、自らの解けた髪にあて。

髪を、切り始めた。

ぎちぎちと、綺麗《きれい》な髪が歪《いびつ》に切られてゆくのを見ながら、少年は何も言えない。

やがて、完全に切り取られた髪のひと房を握り、少年へ差し出し。

「女の命だって、お母様が」

「……………」

少年の瞳が、泣き出してしまうかのように細くなる。

少女は、再び微笑む。

雪が降っている。

○

どことも知れぬ宇宙空間を漂いながら、エルエルフは遠い記憶に想《おも》いを馳《は》せていた。

「何が半分こだ……その甘さが……」

リーゼロッテ。彼女はその甘さゆえ、ドルシア現総統《そうとう》に捕らえられ、幽閉《ゆうへい》され、かつて持っていたあらゆる自由を奪われた。

リーゼロッテは、旧王党派の王族である。ドルシア現総統の起こしたクーデター『紅《あか》い木曜日』において、彼女は幼いながらも家族や民衆を守るため、逃げもせず我が身を差し出した。そして今もなお、旧王党派の残党に対する人質《ひとじち》となっている。

孤児でありストリートチルドレンであったエルエルフは、反政府運動を起こしたテログループの末端構成員であった。グループの活動は少なからずクーデターに貢献《こうけん》したが、クーデターが成功した後、手の平を返した総統派によって一斉に逮捕《たいほ》、処刑された。それは総統派がクーデターの正当性を主張するための、暗部を切り捨てる非情な手段だった。

そんな自分を、リーゼロッテが命を半分こにして救ってくれた。

自分の命は、半分リーゼロッテのものだ。

だから、リーゼロッテを救い出す。それはあの時の自分を救う事でもある。

そのために、ドルシアを革命する。

もう二度と、リーゼロッテが自由を奪われる事のないように。

それが、エルエルフのたった一つの夢だった。


眠るように横たわるエルエルフの体が、何かに掬《すく》い上げられる。

「何時間捜《さが》したと思ってるんだ？」

ヴァルヴレイヴ。

エルエルフを捜しに来た、ハルトだった。

「犠牲者《ぎせいしゃ》はゼロって言ったくせに、いきなり契約違反か？」

開いたコクピットハッチから身を乗り出したハルトが、呆《あき》れたように、しかしどこか安堵《あんど》の色も含ませて、エルエルフに語りかける。

「いいや。契約通りだ」

「え？」

「お前が俺を捜しにくる事は分かっていた。お前の甘さも、俺の計算の内だ」

いつも通りの冷たい表情で、エルエルフは言う。

「……苦いヤツ」

それがなんだかおかしくて、ハルトは小さく苦笑した。

○

ランメルスベルグ、艦長室《かんちょうしつ》。

アードライの撮《と》ってきた写真の内の一葉《いちよう》に指を滑らせ、カインが笑む。

そこに写っているのは、太陽のカラーリングを施《ほどこ》された不完全な機体――ヴァルヴレイヴⅡ。

胸部で剝《む》き出しになっているレイヴは一号機のそれと全く同じ形で、しかし抜《ぬ》け殻《がら》のように沈黙している。

「これで我が一族は、命を繫《つな》ぐ事が出来る……」

カインの首筋で、不思議な形の痣《あざ》が暗く光っている。

ハルトやサキがその痣を見たら、どこかで見た事がある、と思うかもしれない。

「祝福の鐘《かね》が聞こえる……我らが、花嫁……！」

それは一体、誰《た》がための鐘なのか。

カインの言葉に応えるように、鳥籠《とりかご》の宝飾品が、かたかたと揺れた。

第六章

▶ 櫻井アイナ
キューマと仲の良い少女。優しい性格だが、少々内気。孤立しがちなサキとも、普通に接する。

▶ 山田ライゾウ
咲森学園の高校2年生。不良グループのリーダーで通称「サンダー」……だが、自称するだけで周りは皆「山田くん」と呼んでいる。熱血漢で友情に厚い。

▶ 犬塚キューマ
咲森学園の高校3年生。ハルトたちにとっては頼りがいのある先輩。お金儲けに余念がなく、将来は大金持ちになりたいと考えている。

第六章

ジオール、という国がある。

極東の海に浮かぶ小さな島国で、諸外国の文化や技術を良く言えば柔軟《じゅうなん》に、悪く言えば節操《せっそう》なしに取り入れて独自の改良を施《ほどこ》す事で、その狭い国土からはあり得ないほどの文化的、経済的発展を成し遂《と》げた技術立国である。

中立国であり、軍隊に許された軍事戦略は専守防衛のみ。法律は民間人の銃火器の所持を禁止しており、世界でも指折りの治安の良い国だと言われている。

否《いな》——言われていた。

ドルシア軍による突然のジオール奇襲《きしゅう》を、今や世界中で知らない者はいない。

一日にして降伏文書に調印《ちょういん》したジオール本国はドルシア軍事政権の完全なる傀儡《かいらい》と成り下がり、住民は厳しい監視下《かんしか》での暮らしを強《し》いられている。それはジオールの保有する唯一のダイソンスフィアでも同じ事だった。

ただ一つの例外が、モジュール77。

モジュール77の学生が、ジオール軍が極秘裏に開発していた人型兵器に乗り込み、ドルシア軍をたった一機で撃退《げきたい》。その後スフィアからモジュールを切り離し、学生だけの独立国として独立宣言を果たした。

このニュースは相当センセーショナルに報じられ、ＡＲＵＳを始めとした世界中のドルシアに良い感情を抱いていない国々の間で祭り上げられた。

モジュール77の現状は事あるごとに世界中のメディアで発信され、思う所はそれぞれあれど、誰《だれ》もがその行く末を見守っていた。

そこへ届いた、さらなる民間人死亡の一報は、世間の反ドルシア感情とモジュール77への同情心を強く煽《あお》る事となった。

犠牲《ぎせい》となった民間人は、櫻井《さくらい》アイナという高校一年の女子生徒。

モジュール77の誰かが作ったらしい追悼《ついとう》コーナーが、つい先ほどワイヤードに拡散され始めた。楽しそうに学園生活を送る生前の様子がスライドショーで表示され、それを見た世界中の人々が、かわいらしい眼鏡の少女の不幸を嘆き、眉間にしわを寄せ、哀悼の言葉を呟《つぶや》く。

「この子、死んじゃったんだ」

「へ～、こんなかわいい子が？」

「俺達と同じ歳じゃん」

「かわいそう！」

「やだな〜、ドルシア、マジ許せない」

「アイナちゃん安らかに……」

「安らかに、っと」

「安らかに」

「安らかに」


追悼《ついとう》コーナーに設けられた、【安らかに】というタッチボタン。

世界中でそれが押されるたびに、画面の中で数字が一つずつ増えていく。

７４９６５。

その数字が、一体何の意味を持つのか。

犬塚《いぬづか》キューマには分からない。

こういったページを作るのは、本来ならキューマの得意とするところだった。だが、キューマがアイナと特に仲がよかった事は多くの人に知られており、流石にキューマに追悼ページを作ろうなどという話を持ちかける者はいなかった。

結局のところ、誰《だれ》がこのページを作ったのか、キューマは知らない。

学園校舎裏に作られた、簡素《かんそ》な墓地。一番新しいアイナの墓の前に座り込み、キューマは暗い顔でその追悼ページのアイナの写真を眺めていた。

何も出来なかった。

アイナが死んでしまった時、アイナがどこにいたのかさえ、キューマは知らなかった。

その後、ドルシア軍の再襲撃《さいしゅうげき》。自分をヴァルヴレイヴに乗せてくれと貴生川《きぶかわ》に頼んでも、答えはにべもない却下。ならば勝手に乗り込んでやる、と格納庫《かくのうこ》を目指したが、侵入していたドルシア兵士の銃撃《じゅうげき》に阻《はば》まれて近づく事も出来なかった。

扉の陰に隠れている内に、いつの間にかエルエルフが現れて、あっという間にドルシア兵を倒して走り去ってしまう。その後彼はスプライサーで出撃し、ハルトに指示を出してドルシア軍を撤退《てったい》にまで追い込んだ。

俺が、アイナの仇《かたき》を。

そう思っていたのに、何も出来なかった。

「見てろよ、ノブ」

不意にすぐ傍《そば》から聞こえた声に、ふらりと顔を上げる。

山田《やまだ》ライゾウ——サンダーが、友人の墓の前で両手を合わせ、目を閉じている。

「今度こそ、俺はあのロボットで、お前の仇を討《う》つ」

サンダーの気持ちが、キューマはようやく分かるような気がした。仇を討ちたいのに、その手段も目の前にあるのに、何も出来ない事。その悔しさ。憤《いきどお》り。

だが――

「討《う》つからな……！」

焼けつくような、サンダーの熱い声。

その横顔を見ながら、キューマは思う。

こいつほどの信念が、覚悟が、俺にあるのか？

再び、手の中のスマートフォンに目を落とす。

誰《だれ》が作ったのかも分からない、【安らかに】というボタン。

そのボタンを指で押すと、画面の中の数字が一つ増える。

７６３２３。

数字が一つ増えるのを見た瞬間《しゅんかん》、自分のアイナに対する想《おも》いが７６３２３分の１に薄れてしまった気がして。

キューマは、ボタンを押した事を酷《ひど》く後悔した。

○

ある日の夜。咲森学園《さきもりがくえん》、学生寮《がくせいりょう》。

ハルトの部屋で、エルエルフが携帯端末の画面を操作している。

「各員の配属を決めた。航法《こうほう》、砲術《ほうじゅつ》、通信、電探、機関、防壁の六系統を司令部に集約」

二段ベッドの上に座り、ハルトは黙《だま》ってそれを聞いている。

振り返って立ち上がり、エルエルフはハルトに問う。

「よかったのか？　俺に戦闘配置《せんとうはいち》を決めさせて」

「ああ……でも、ヴァルヴレイヴにはもう誰も乗せないでくれ。約束だぞ」

「しつこいな、お前も」

戦力の増強には、ヴァルヴレイヴのパイロットを増やすのが一番だ。だがそれだけはしないようにという条件で、エルエルフの指示を一部呑《の》む形にしたのだ。

「……君に頼むのが、一番犠牲《ぎせい》を出さないで済むと思ったからだ」

「櫻井《さくらい》アイナ、か」

戦争中に友人が死んだくらいで、よくいつまでも引きずっていられるものだ、とエルエルフは思う。櫻井アイナという個人の死を本心から悼《いた》んでいるのはごく少数で、ほとんどの人間は彼女の死に明日の自分を見て怯《おび》えているようだが、その方がまだ理解出来るな……という本心は、ここでは口にしないが。

「信じる事にしたんだ。君にも、大切なものがあるって」

そう言ってハルトがエルエルフに向ける眼差《まなざ》しは、今までに比べて穏《おだ》やかになっている。

もう今更、その甘さをどうこう言うつもりもないエルエルフだった。

「ぐっ……」

その穏《おだ》やかだった眼差《まなざ》しが、唐突に苦しそうに歪《ゆが》む。

「うっ……うぐっ、が、ぐぁぁぁ……」

突然豹変《ひょうへん》したハルトを、エルエルフはあくまで冷静に観察している。その現象が起こる事を予想していたかのように。

「があああああっ！」

そしてハルトは牙《きば》を剝《む》き、二段ベッドからエルエルフへ向かって飛びかかった。

落下してくるその体へ、下から突き上げた拳《こぶし》がまともに入る。

「ぐぅっ！」

そのまま床に落下し、ハルトは気を失った。

（……間隔《かんかく》が短くなってきているようだな）

過去にもこうして発作的に人に襲《おそ》いかかった事があると、エルエルフはハルト本人から聞いている。カミツキとなった翌日、保健室でキューマに襲いかかったが、嚙《か》みつく前にサキに殴《なぐ》られて正気に戻ったという。

そして、ハルトと同室で生活するようになった初日に、エルエルフは二度目の発作を起こしたハルトに襲われた。

それから三日後、すなわち今日、三度目の発作。

（一度目の発作から正確に数えてみると、二度目の発作は九日後だが、三度目の発作は三日後に起きた。この間隔の違いはどういう事だ？）

九日と三日。誤差にしては大きすぎる。

（一度目から二度目の間にジャックをしているからか……？　だが、こいつがジャックしたのは二回、最初の発作の日のＡＲＵＳ兵、二度目の発作の日の俺だけ。その間、八日間は発作が起きていない事になる……）

どうしたものかと考えるエルエルフ。いざとなれば、事情を知るサキかキューマを噛ませてしまえばそれで済むのだろうが。

（禁断症状のようなものか……？　このままジャックさせなければどうなるか……）

今までに蓄積《ちくせき》した情報から、カミツキに関して様々な推論を組み立てる。

だが、その中に真実を言い当てているものなど、何一つとしてない。

例えばたった今、ヴァルヴレイヴ一号機のコクピット内、そのコンソールモニタの中で。

ガイドプログラムと思われている３Ｄの美少女キャラが、勝手に現れ。

――オナカ、スイタ――

そんなメッセージを残している事を、知らないのだから。

〇

【教育指導日誌　七海《ななみ》リオン】

モジュール77は、中立地帯である月に向かっている。

生徒達は、戦いに備えて軍事教練《きょうれん》をするようになった。

教練メニューを作ったのは、私達の国で初めての亡命者《ぼうめいしゃ》となった、エルエルフ君だ。

みんなが意外とすんなり彼の指導を受け入れたのは、これ以上犠牲《ぎせい》を出したくないと思ったからだろうか。

私も応急処置を教えている。

生徒が負傷するなんて、考えたくないけど。

教室で授業が行われている事に、なんだかほっとしている私がいる。


「犬塚《いぬづか》君！　株価とか見てたら駄目だよ！」

授業中、何やら真面目な顔でスマートフォンの画面を見ているキューマに七海の甘い叱責《しっせき》が飛ぶ。つられてどっと笑う周りの生徒達。だがキューマの表情は晴れない。

キューマが金にこだわる理由を、七海は知っている。

キューマには病気の姉がいた。だが家が貧しかったため高額の手術費用が捻出《ねんしゅつ》できず、姉は幼くして亡くなってしまった。その事があり、金にだけは不自由しまいと決めているのだ。

だが、金とは全く無関係の理由で再び大切な人を亡くしてしまい、彼は何を思うのだろう。

せめていつも通りに振舞《ふるま》おうとしてみたのだが、それも果たして正解だったのかどうか——

『ピットに侵入者を確認！　繰《く》り返します！　ピットに侵入者を確認！』

「敵⁉」

突然の警報に、キューマが弾《はじ》かれたように顔を上げ、そのまま教室を駆《か》け出してゆく。

再度の襲撃《しゅうげき》に顔を曇《くも》らせる生徒達を宥《なだ》め、七海も急いでその後を追う。

ピット内、ヴァルヴレイヴ三号機の傍《そば》で侵入者捕獲用の罠《わな》に捕まっていたのは。

「むぐーっ！　んーむー、むぐぐーっ！」

「侵入者って、山田《やまだ》君かぁ」

呆《あき》れたように言う七海。だが、最初のドルシア襲撃時、目の前で友人を亡くしたサンダーの嘆きを七海は見ている。乱暴なところもあるが、その芯は誰《だれ》よりも優しいという事を七海は知っている。

キューマもサンダーも、他の生徒達もだ。大人として、教師として、力になってあげたいのに何も出来ない。自分の無力さ、未熟さを七海は歯がゆく思う。

一方、罠《わな》にかかってもがくサンダーを見上げながら、キューマは思いつめたような表情で。

「やっぱり、これに……」

サンダーのように、無理矢理にでもこれに乗るしかない。自分がアイナの仇《かたき》を取るためには、その手段しかない——

「自分の手で仇を取りたい……下らないな」

キューマの決意は、いつの間にか隣《となり》にいたエルエルフの呟《つぶや》きによって水を差された。

「待てよ！　友達の仇を取りたいってのは、下らない事か⁉」

怒りも顕《あら》わに嚙《か》みつくキューマに、しかしエルエルフは平然とした顔のまま。

「この機体は登録制になっている。一度乗せれば他のパイロットには変更出来ない」

「それがどうした」

「感情に任せてパイロットを選んで、そいつに才能がなかったらどうする」

「あ……」

ヴァルヴレイヴは今や、ジオールの生命線と言っても過言ではない。限られた貴重な戦力の席を、やる気だけの人間に任せられるか……答えが否《いな》である事は、キューマにも分かった。

何も言えなくなるキューマに、エルエルフは駄目押しとばかりに携帯端末を取り出して何かのデータを表示させる。

「これを見ろ」

「なんだ、これ？」

「俺の教練《きようれん》における、お前達の技術評価だ」

端末に表示されている評価項目は、空間認識能力《にんしきのうりよく》、加重耐性《たいせい》、反応速度……普通の学生なら評価される事などあるはずのない項目ばかりだ。

「山田《やまだ》ライゾウ。反応速度、技術獲得適性、並行処理能力などは申し分のないAランクだが、残念ながら空間認識能力がCランクだ。理想としては、これらが全てAランクの生徒が乗る事が望ましい」

説明を受けながら、キューマは偶然その上に表示されていた自分の評価を見てしまう。

加重耐性——E。

「才能がないやつの希望ほど、迷惑なものはない。仇を取ったら死んだ人間が生き返るのか？それより、これ以上どう被害を出さないかを考えろ」

いちいち正論をぶつけてくるエルエルフに、元はと言えばお前達が、と詰め寄りたくなる。しかし、今までの事よりこれからの事を。それもまた、嫌になるほどの正論だった。

「戦争とは、冷静かつ効率的に、機械のように行われるべきものだ」

「機械……」

冷静かつ効率的に、機械のように。

そうすれば、ロボットに乗らなくても、犠牲《ぎせい》を出さずにいられるのだろうか——？

すっかり意気消沈してしまった様子のキューマ。エルエルフは、わざとキューマに見せた本人の技術評価に目を落とし。

(もっとも……才能があるやつの絶望よりは、まだ扱い易《やす》いがな)

ハルトとは、もう誰《だれ》もヴァルヴレイヴには乗せないという口約束を交わしている。

その約束を破る事なく、思惑通りのパイロットをヴァルヴレイヴに乗せる方法。

そのために、『才能がないやつの希望』は利用出来る——と、エルエルフは冷笑した。

○

銃把《グリップ》、銃身《バレル》、被筒《フオアグリップ》、照準器《スコープユニット》、銃床《ストック》、弾倉《マガジン》。

分解したアサルトライフルを素早く組み立て、構え、ストップウォッチを止める。

「47秒」

分解し、再び組み立て。

「46秒」

分解し、再び組み立て。

「48秒」

分解し、再び組み立て。

「44秒」

人気のない校舎裏で、まさしく機械のように、キューマはただ黙々《もくもく》と同じ作業を繰《く》り返す。

そのさらに後ろの茂みの中で、キューマの背中を心配そうに見守る人影が二つ。

「大丈夫かな……」

ハルトとショーコ。アイナを失ってからというもの、ずっとふさぎ込んでいるキューマが気になって様子を見にきたのだ。

「……つき合ってたのかな」

「アイナちゃんと？」

「いつも一緒にいたし」

「でも、他の学校の女子と遊びに行ってたよ？」

「そっか……」

実際につき合ってはいなかったのだが、つき合っていたなら他の女子と遊びになんて行かないはず、という風にしか思えないハルトとショーコでは、どちらにしても男女の心の機微《きび》などよく分かるまい。

「ハルト、声かけて」

「えっ？」

「一人で抱えるのって辛いじゃん……」

「ショーコは？」

「こういう時は男同士で！」

相手の気持ちをよく考えもせずにおせっかいを焼く事は、良い方にも悪い方にも転がる事がある。今まではそれが良い方にばかり転がっているショーコだが、それは果たして幸運なのか不運なのか。

一方、男同士でショーコよりは多少キューマの気持ちが分かるのか、それとも単に尻込みしているのか、ハルトはなかなかキューマに声をかけようとしない。

そうこうしている内に、再度の警報が響《ひび》き渡った。

「また山田《やまだ》君がロボットに乗ろうとしたの？」

「違う……山田君は独房のはずだ！」

では、この警報は。

ハルトやショーコよりも早く、どこか危うさを感じさせる無表情のキューマが駆《か》け出した。

○

「後方に、ドルシア艦隊《かんたい》が接近中です！」

生徒会副会長、北川《きたがわ》イオリの声が告げる。

これまで消極的な攻撃しかしてこなかったドルシア艦隊だが、今回は真正面からモジュールを落としにきた。ついに掃討戦《そうとうせん》に踏《ふ》み切ったようだ。

ドルシア戦艦のビームが、容赦《ようしゃ》なくモジュールの天蓋《てんがい》を狙ってくる。いかに自己修復機能を持つ天蓋とは言え、ドルシア戦艦の主砲にやられてはひとたまりもない。天蓋が破壊されてしまってはモジュールは丸裸、それだけはなんとしても防がねばならない。

「バリアシステムは？」

「もうやってますわ！」

サトミの声に答えるタカヒは、取り巻きの亘理《わたり》エリ、山元《やまもと》リリィと並んでオペレーター席に座り、三人でタッチパネルを操作している。

「当てさせない！」

「広げちゃう！」

三人はパネルに表示された円を指先で操作し、動かしたり大きさを変えたりしている。一見遊んでいるようにも見えるが、これはれっきとした防衛《ぼうえい》行動である。

このタッチパネルはモジュールの天蓋を表しており、表示されている円は天蓋の表面に展開されているピンポイントバリアと連動している。タカヒ達が円を動かす事で天蓋のバリアも動き、ドルシア軍からの攻撃を防いでいるのだ。

「バリアシステムは機能しているようだな」

「いいぞ、やれるじゃないか！」

司令席に座って尊大に足を組むエルエルフと、席を奪われて立ったままのサトミが、新しく運用し始めた防衛《ぼうえい》システムの成果に満足げな声を上げる。

思いの外《ほか》バリアが厄介《やっかい》である事が分かり、ドルシア軍はバッフェを出撃させ、バリアのない地下外殻《がいかく》の方から攻めさせる。

ところが、今度は岩壁から無数の対空《たいくう》機銃《きじゅう》がせり出してきて、バッフェ隊に一斉掃射《いっせいそうしゃ》を始めた。至近距離からの銃撃《じゅうげき》を食らい次々と撃沈していくバッフェ。

「冷静に、機械のように」

機銃座についてバッフェを攻撃しているのは、心を押し殺して一個の機械のように働こうと努めるキューマ。犠牲《ぎせい》を出さないために、自分が出来る事、やるべき事はこれなのだと、そう自分に言い聞かせるように。

「冷静に、機械のように……」

〇

「組織的な防衛……エルエルフの采配《さいはい》か」

イデアールのコクピットで、アードライが目を細める。

モジュール77の防衛は、まるで今までとは全く違う相手であるかのように見違えた。学生達にそのような知識や技術があるはずもなし、それがエルエルフの関与によるものである事は疑いようもなかった。

（お前はもう、私の元へ帰ってくる気はないのだな……）

ここへきて、ようやくアードライは、エルエルフは自分を裏切ったのだという事実を受け入れる気になっていた。

（私達が見ていた夢は同じだったはず……だが、お前はその手段に、私ではなく時縞《ときしま》ハルトとヴァルヴレイヴを選んだ……）

訓練生時代、エルエルフに語った、アードライの夢。

ドルシアの革命。

（安心しろエルエルフ。お前を軍法会議にかけさせたりはしない……その時は、俺がこの手でお前を殺してやる）

モジュール77から、赤と緑のヴァルヴレイヴが現れた。

アードライ達イデアール隊は、これまで最もヴァルヴレイヴに対して効果を挙げた電磁吸着ブーメランを再び使用する。前回はエルエルフの奇策によって無効化されたが、そう何度もモジュールに穴を開ける訳にもいくまい。

だが、流石に短期間で何度も同じ手を使っては、対策を練られるのも当然の事。

一号機が、四号機を抱きかかえるようにして一直線に飛ぶ。それを追撃《ついげき》するブーメラン型のサーバが、少しずつ距離を詰めていく。それでいい。ハルトは元々、振り切ろうとするのではなく、少しずつ追いつかれる程度の速度で飛んでいるのだから。

一号機はサーバに背を向けている。その一号機に抱かれた四号機は、サーバの方を向いてその動向をしっかりと把握《はあく》している。

『今っ！』

サキが、掛け声と共に六本の可動肢《かどうし》、マルチレッグ・スパインを広げ、その全ての先端から硬質残光《こうしつざんこう》を放出し、蜘蛛《くも》の巣のように張り巡らせた。

同時に、ハルトが逆方向に硬質残光を噴かせて減速する。

向かってきていた無数のサーバは方向転換が間に合わず、四号機の作り上げた硬質残光の網に突っ込んで絡《から》め取られた。

その様子を、旗艦《きかん》のブリッジから冷静に眺めている視線。

「電磁吸着ブーメランは対策をされてしまったようですね」

あれだけ使えば当たり前か、と、動揺する様子もなくクリムヒルトが言う。

「それでいい。全軍微速後退、モジュール77よりヴァルヴレイヴ両機を引き離せ」

電磁吸着ブーメランを無効化し、勢いに乗るヴァルヴレイヴ二機。それに対し消極的に応戦しつつ、イデアール及びバッフェ隊は押されているふりをしながらゆっくりと後退する。

『まだ開演したばっかりよ！』

調子に乗ったサキがカーミラで追撃する。それを止める事も出来ず、かといって一人にするわけにもいかず、仕方なくハルトも一号機で後へ続く。

それを確認し、別方向の岩礁《がんしょう》に隠れていた艦隊が、動き始めた。

「作戦通りです。ヴァルヴレイヴはカイン大佐の艦隊を追って、後方へと離れてゆきます」

ブリッジで、若い女性の副官、アウレリアが艦長である壮年の男性へ告げる。

「ふん、所詮《しょせん》は学生だな。この程度の陽動に引っかかるとは」

艦長、マニンガー准将《じゅんしょう》の口ひげがにやりと歪《ゆが》む。

ドルシア軍第六艦隊、旗艦『ノヴゴルド』。

ランメルスベルグ艦隊がヴァルヴレイヴを引き離した後、ノヴゴルド艦隊が無防備になったモジュール77を攻撃する。それが今回の作戦だった。

上層部が、度重なるカインの失態に業《ごう》を煮《に》やし、実力的にも人間的にもより信頼の置ける自分に直接攻撃を命じたのだ――マニンガーはそう思っている。

「人型が十分に離れるまで待って、攻撃を開始しろ」

「はっ」

アウレリアが短く答え、マニンガーは笑う。

ヴァルヴレイヴさえいなければ、あんな小さなモジュールを落とす事など造作《ぞうさ》もない、と。

モジュール77の司令室で、遠くなった戦場の様子を生徒達が見守っている。

「強いな〜、ヴァルヴレイヴ……」

「私達の守護神ですね」

感嘆の呟《つぶや》きをもらす七海《ななみ》に、生徒会会計の赤石《あかいし》ミドリも賛同する。

だが、サトミは逆に顔をしかめて腕を組み。

「……にしても、強すぎないか？　ジオールに兵器メーカーはないのに、これは……」

それは本来ならもっと早くに持っていて然《しか》るべき疑問だ。一体誰《だれ》が、どうやってこんな兵器を作ったのか？　しかも、学園の地下などという場所で？

ヴァルヴレイヴの動力は、胸の中に埋め込まれた『レイヴ』という名の球体のエンジンだ。だがそのエンジンを動かすのに電気やガソリンは必要なく、かといって小型の核融合炉《かくゆうごうろ》などという訳でもなく、機体には説明不能のエネルギーが無尽蔵《むじんぞう》に供給され続けている。

貴生川《きぶかわ》の話によると、ある種の粒子をエネルギーに変換しているらしい、という事なのだが、だとすればそれは全く新しい代替《だいたい》エネルギーという事だ。そんなものが見つかったなどという話は聞いた事もないし、仮に本当だとすれば、ジオールは世界のエネルギー事情を劇的に改善させ得るその事実や技術を秘匿《ひとく》して独占しているという事になる。

サトミの疑問は、常に真実を掠《かす》めている。

その呟きを聞いた貴生川が、少しだけ視線を鋭《するど》くして、サトミを睨《にら》みつける。

まるで、それ以上踏《ふ》み込むな、とでも言うように。

「配給〜」

扉が開き、入ってきたマリエの間延びした声で、貴生川は瞬時《しゅんじ》に表情を崩した。

「おお〜、美味《うま》そ〜」

「お腹すいたよ〜」

あろう事か、生徒達を差し置いて真っ先に配給に手を伸ばす貴生川と七海を見て、サトミも気が抜けてしまったようだ。ありがとう、とマリエに礼を言い、配給された物をつまむ。

マリエと一緒に入ってきたショーコは、まずエルエルフにそれを持っていった。

「……なんだそれは」

見た事のない真っ黒な塊《かたまり》に、エルエルフの眉間に皺《しわ》が寄る。

「非常食。作れって言ったでしょ？」

「俺の渡したレシピはどうした」

「ふふっ、美味《おい》しい方がいいじゃない。羊羹《ようかん》っていって、ジオールのお菓子なの」

「栄養素の問題だ。味など、」

「はいっ」

「むぐっ⁉」

何やら御託《ごたく》を並べようとしたその口に、ショーコの手が問答無用で羊羹《ようかん》を突っ込んだ。

「んむ……！」

「ね？　甘くて美味《おい》しいでしょ」

得体の知れない物を口に入れられ、しばらく眉を震《ふる》わせていたエルエルフだったが、次第にその顔が驚いたように変わっていく。

「……ん」

悪くない。

「昔からあるお菓子なんだよ」

「ふん」

得意そうな笑顔のショーコに、エルエルフはそれ以上何も言わなかった。

（だが、甘すぎるな……苦いコーヒーでもあればちょうど……）

そう考え、どこかで聞いた事があるな、と思いかけた時――

司令室に警報が響《ひび》いた。

「て、敵影《てきえい》を確認！」

電探担当のイオリが、モニタを見ながら叫ぶ。

「え⁉　だってハルト君達が、」

「違います！　敵は前方から来ます。さっきの艦隊《かんたい》じゃありません！」

「別の部隊がいたってのか！」

「どこに隠れてたの⁉」

騒然《そうぜん》とする司令室。防衛の要《かなめ》であるヴァルヴレイヴが離れている今、艦隊に攻めてこられたら自分達だけでモジュールを守らなければならない。緊張が高まるのも当然の事だ。

（やはり来たか……さて……）

そんな中、エルエルフだけが、冷静な瞳《ひとみ》でモニタを見つめている。

そして再び襲《おそ》い来る、艦隊からのビーム砲《ほう》。

「また守りきってみせるだけですわ！」

「でも、さっきと数が違うよ！」

「泣き事言わない！」

タカヒの言葉に対して弱音を吐《は》くリリィをエリが叱責《しっせき》し、先ほどと同じように三人はタッチパネルでバリアシステムを稼動《かどう》させる。

勢いを増した攻撃《こうげき》を、三人は必死で防ぎ続ける。攻撃はそれに留まらず、バッフェ隊もバリアの存在しない地下外殻《がいかく》の方へと向かってくる。

対空機銃が迎撃するが、ドルシアの本気の物量をさばききれず、一発、二発と敵のビームが当たり始める。

「ぐっ……ハルトがいなくたって……！」

敵の攻撃《こうげき》がすぐ傍《そば》に着弾したにもかかわらず、機銃座《きじゅうざ》のキューマは逃げる事なく撃《う》ち続ける。それが皆を守る手段だと信じて。

司令室では、エルエルフの指示を皆に伝える合間に、隙《すき》を見て七海《ななみ》がヴァルヴレイヴのコクピットへ通信を送っている。

『モジュールが攻撃されてる⁉』

「別の艦隊《かんたい》が、ハルト君達と入れ替わりに！」

『私達、おびき出されたって事⁉』

『流木野《るきの》さん、戻ろう！』

進路を一八〇度転換し、モジュールへ向かって飛ぼうとしたハルト達だが、その行く手を阻《はば》むのはアードライのイデアールが放った大型火砲の一撃。

『簡単に返す訳にはいかないな』

『くそぉっ！』

イデアール四機が相手では、ハルトとサキも容易にかわす事は出来ない。遥《はる》か遠くに襲《おそ》われるモジュールが見えている事も、二人の操縦《そうじゅう》から集中力を欠かせている。

モジュールの方も事態は逼迫《ひっぱく》している。バッフェのデュケノワ・キャノンが、ついに外壁の一部を突破した。

「第三隔壁《かくへき》、破られました！」

「敵艦隊に包囲されています！」

「ヴァルヴレイヴは足止めを食ってる……」

イオリとミドリが立て続けに叫び、続く七海の絶望的な呟《つぶや》きに、サトミが未《いま》だ平然としている様子のエルエルフに詰め寄る。

「おい！　戦争のプロなんだろ、なんとかしてみせろ！」

エルエルフは眉一つ動かす事なく、サトミの糾弾《きゅうだん》を受け流す。

そして急に、ばつん、と司令室の明かりが消えた。

停電。

「どうした！　原因は何だ⁉」

「バリアが発電システムに負荷をかけ過ぎたな」

「そんな事、聞いてませんわよ！」

非常灯の下で不安げに叫《さけ》ぶサトミとタカヒ。対してエルエルフは動じる様子もなく、平然とした口調で簡単に原因を説明しただけで、後は無表情のまま黙《だま》り込んでしまう。

目を落としている手元の端末には、自分が採点した生徒達の技術評価が表示されている。

（パイロット適性Aランクの生徒は17人。この中から、自分の適性が低いと勘違いしてなお、

自ら乗り込む精神性の持ち主——つまり、才能と希望の両方を持った者こそが、パイロットに相応《ふさわ》しい)

山田《やまだ》ライゾウ、空間認識能力《にんしきのうりょく》、C。犬塚《いぬづか》キューマ、重力耐性《たいせい》、E。

あえて低く改竄《かいざん》していたそれらのランクを、エルエルフは本来のランク、Aに戻した。

「おい、どーなってんだよぉ！」

明かりの消えた独房の中で、サンダーが怒鳴っている。

再び攻撃《こうげき》が始まったらしい事はもちろんサンダーにも分かっていた。なのにこんな所でじっとしてなどいられない。何もしない、何も出来ない内にまた誰《だれ》かが殺されたらと思うと、いてもたってもいられなかった。

「開けろ！　開けろよぉ！」

大声を上げながら、格子をがしゃがしゃと揺さぶるサンダー。いくらそんな事をしたって、電子ロックの格子戸が開く訳が——

「あ？」

開いた。

がしゃり、と音を立てて、格子戸がスライドしてゆく。

ここはれっきとした軍の設備で、本来は捕らえた敵兵を投獄《とうごく》しておくための場所だ。当然そのロックは厳重で、停電したくらいで開く訳がない。誰かが意図的に開けなければ。

だが、そんな事はサンダーにとってはどうでもいい。重要なのは。

「……チャーンス」

これで、戦いに行けるという事。


司令室や独房だけではない。待機室でも学園校舎でも、一斉に明かりが消えていた。

「停電……!?　こんな時に！」

機銃座《きじゅうざ》のキューマは、どうするべきかと焦《あせ》って周囲を見回す。

その時、響《ひび》き渡るアラート。一機のバッフェが急接近してきている。

軍事関係の設備は全て別系統で予備電源を引いているので、それが幸いした。咄嗟《とっさ》に飛び出したキューマの背後で、バッフェの攻撃が直撃した機銃座が吹き飛んだ。

「くそっ……！」

まずは停電を直す事が先決だ。モジュールが独立宣言をしてすぐの頃、環境システムの暴走でやはり大規模な停電があったが、それを直したのが霊屋《おたまや》だった。キューマは霊屋を探して格納庫へと向かう。霊屋は整備班長なので、そこにいる可能性が高い。

「霊屋、いるか!?　前みたいに電源を――」

だが、そこにいたのは霊屋ではなく。

「何だこれ……どうやって開けるんだ？」

黄のヴァルヴレイヴⅢのコクピットを開けようとしている、サンダーだった。

「やめろサンダー！　それはお前が思ってるモノとは違うんだ！」

「すっこんでな、亡命野郎《ぼうめい》の言いなりはよぉ」

「駄目だ！　こいつは、」

「るっせぇ！」

止めようとするキューマの頬《ほお》に、サンダーは問答無用で拳《こぶし》を食らわせた。

「仇《かたき》を討《う》つんだって言ってんだろうがぁ！」

「ぐっ……その気持ちはよく分かる！　でもそれはエゴなんだ！　お前の適性は低い。みんなで生き残るためには、才能のあるやつが乗るべきなんだ！　でないと、また……」

「てめぇらはネットで好きなだけかわいそうごっこやってろよ。俺は断る」

かわいそうごっこ、という言葉が、キューマの胸に突き刺さる。

キューマを殴《なぐ》った拳をそのまま握り締め、サンダーは強く意志を吐く。

「俺が、俺の手で！　ノブの仇を取らねぇと気がすまねぇんだ！」

「俺達が乗って勝てるのか⁉　仇を取ってどうする⁉　もうこれ以上犠牲《ぎせい》を出さないためだ！　みんなで幸せになるためなんだ！」

無意識にキューマが発したその言葉を聞いて、サンダーは気付いた。

キューマは「俺達が」と口にした。「お前が」ではなく。

だから、本当はキューマも乗りたいのだと、戦いたいのだと、サンダーは気付いた。

「……みんなって、誰《だれ》の事だよ」

「え……」

「その『みんな』とやらの中に、てめぇは入ってんのかよ！」

サンダーの言葉は、キューマにとっては全くの予想外だった。

「自分が入ってねぇ『みんな』なんて、クソだろうが！」

「――っ！」

自分が入っていない、みんな。

その言葉が、キューマの偽《いつわ》りの決意を揺らがせる。

「……お前、眼鏡女に惚《ほ》れてたんだろ」

突然そんな事を言われ、キューマは咄嗟《とっさ》に反応できない。

だが、サンダーはキューマの反応を待たずに続ける。

「だったら、あいつが言ってた事、覚えてるよな」

「アイナが、言ってた事……？」

「言ってたじゃねぇか。自分のためでいいってよ。なのにお前は、自分を抜かした『みんな』のために、諦《あきら》めんのかよ」

思い出す。サキが勝手に四号機で出撃《しゅつげき》した時だ。自分のために乗ったくせに、とサキを非難する生徒達に、いつもは大人しくて人に反発する姿など想像も出来ないアイナが、自分のためでいいじゃないですか、と言い返していた。

なのに、自分は。

「お前も乗りてぇんだろ。戦いてぇんだろ！　亡命《ぼうめい》野郎の言う事なんざ聞く必要ねぇ！」

燃えるように熱いサンダーの眼差《まなざ》しが、キューマの瞳《ひとみ》の奥を焦《こ》がす。

アイナの声が、脳裏に蘇《よみがえ》る。

そして、自分の想《おも》いが。

「……そう、だな」

キューマの肩から、力が抜ける。

「サンダー」

「あん？　……ぐぁっ！」

――と思いきや、キューマは拳《こぶし》を握り締め、サンダーの頬《ほお》を殴《なぐ》りつけた。

「さっきのお返しだ」

「てんめぇ……」

口元をぬぐい、再び殴り返そうとしたサンダーの手が、止まる。

「お前の言う通りだ。みんなのためじゃない……俺は、俺のために戦いたいんだ！」

そう言って、握り締めた自分の拳を見つめるキューマ。

決意を固めたその顔を見て、サンダーは殴り返す事なく、ふっと口元を緩《ゆる》めた。

「こいつは譲《ゆず》らねぇぜ。この色は、サンダーの色だ」

「分かったよ。けど、お前は乗るな。こいつは、呪《のろ》われてる」

サンダーに一言忠告を残し、残る二機、青と紫のヴァルヴレイヴを見比べる。

青のヴァルヴレイヴの両肩に装備された半透明の巨大な盾《たて》に、キューマは目を引かれる。

(盾……守るための物……)

その盾を見て、キューマは青のヴァルヴレイヴVを選んだ。

コクピットを開け、中に乗り込む。コンソール中央のボタンを押し込み、起動する画面。

ニンゲンヤメマスカ?　YES／NO

「これか……これが、あの……」

キューマの脳裏に、人間をやめたハルトの様子が思い浮かぶ。発作を起こして人に襲《おそ》いかかる姿。バケモノになってしまったと悩み、苦しんでいた。

人間をやめたら、自分もああなってしまうのか。

だが。

「俺は……決めたんだ！」

意を決し。キューマの指が、ＹＥＳを押す。

免責《めんせき》事項が表示されるコンソールモニタ。スクリーンに浮かぶ無数のチェック項目。

そしてコクピットシートのギミックが伸び、針のようなものがキューマの首に刺さった。

五号機の装甲《そうこう》、白かったＶＬＣポリマーが、供給され始めたレイヴ・エネルギーと干渉して黒く染まってゆく。

「あの野郎、俺より先に……！　おい、このコクピットどうやって開けんだよ!?　おーい！」

コクピットを開ける事に四苦八苦しているサンダーを置いて、キューマは出撃《しゅつげき》した。

○

「こんな連中にカインはてこずっていたのか……」

ドルシア軍第六艦隊《かんたい》、旗艦《きかん》ノヴゴルドのブリッジにて、艦長であるマニンガーは面白くもなさそうにそう零《こぼ》した。

ピンポイントバリアでこちらの砲撃《ほうげき》を上手く防いではいたが、それはこちらが手を抜いていたからで、そこから反撃がある訳でもない。

ヴァルヴレイヴさえ引き離してしまえばこんなものだ。カインはなぜ今までこの作戦を取らなかったのかと、マニンガーは首を傾《かし》げる。

カインの本当の目的など、無論知る由《よし》もなく。

「所詮《しょせん》スパイの親玉だな」

「スパイではありません。カルルスタイン機関はエージェントの養成所で、」

「分かっておる！」

女性副官アウレリアの訂正《ていせい》を、忌々《いまいま》しそうに遮《さえぎ》るマニンガー。

アウレリアは、マニンガーの事をあまり良く思っていない。長い年月をかけてやっと手に入れた准将《じゅんしょう》の地位を笠《かさ》に、部下に威張り散らす事ばかりを覚えた人間だ。それよりも、若くしてパーフェクツォン・アミーと称される特務部隊員や、それを作り上げたカインの方を慕《した》っている。だが、配属に逆らえる訳もなかった。

「嬲《なぶ》るのにも飽《あ》きたわい。目標アントーンに対し主砲斉射《せいしゃ》だ！　天井ごと吹き飛ばせ！」

「ブリッツゥン・デーゲン！」

いつでもそれが出来たのに、脆弱《ぜいじゃく》なモジュール77がどこまで抵抗するかを見て楽しんでいたのだ。軍人として、尊敬できる訳がなかった。

それまで沈黙《ちんもく》していたノヴゴルドの主砲が、一斉に砲門を開いた。

発射された複数の極大ビームが、モジュール77へ向かう。

その光線は、遠くで足止めを食っているハルト達にも見えていた。

「駄目だっ！」

ハルトが叫《さけ》ぶが、そんな事でビームが止まる訳もない。

当然、モジュール77の司令室からもその攻撃《こうげき》は見えている。

「もう駄目ぇっ！」

七海《ななみ》が叫び、両手で顔を覆《おお》う。

目前にまで迫ったビームの光。

誰《だれ》もが絶望に目を閉じた、次の瞬間《しゅんかん》。

迫り来るビーム群が、突如現れた青い機体の持つ巨大な盾《たて》に弾《はじ》かれ、宇宙に四散した。

「なにっ⁉」

「主砲が⁉」

ノヴゴルドのブリッジで、マニンガーとアウレリアが驚愕《きょうがく》の声を上げる。

それはモジュール77でも同じ事で、一体何が、誰が助けてくれたのかと、スクリーンを呆然《ぼうぜん》と見つめている。

光跡が散り、そこに見えたのは、青い光を纏《まと》った人型兵器。

ヴァルヴレイヴV。型式番号RM‐056、PFネーム『火打羽《ヒウチバ》』。

キューマの乗った機体だった。

「俺には、神が憑《つ》いてる……そうだよな、アイナ」

だから、負ける訳がない——言い聞かせるように呟《つぶや》き、キューマは戦闘《せんとう》を開始した。

五号機の特能装備である、追加装甲《そうこう》『IMP』の一部、レイヴ・エネルギーの皮膜《ひまく》を纏った盾『IMPシェル』による防御形態を解除し、ボウガンのような形をした近・中距離兵器『ボルト・ファランクス』を展開する。一つのファランクスは、中央に二つ、左右にそれぞれ六つずつの銃口を持ち、それを両手に装備しているため、合計二八ものレイヴ・エネルギーの矢が一斉に敵に向かって放たれる。

光の矢は敵に着弾した時点で爆発し、二段階のダメージを与える。それによってモジュールを取り囲むバッフェ隊が一気にその数を減らす。

「陣形を整えろ！　バッフェ、七番ポジションを！」

五号機の攻撃の危険性をいち早く悟り、アウレリアが指示を出す。残ったバッフェが集まり整列し、結合して巨大な一枚盾となる。戦艦《せんかん》の主砲にすら耐え得る最強の防御陣形だ。

それに対し五号機は、拡散させて撃《う》っていたエネルギーの矢を左右一本ずつに収束させて放った。凝縮《ぎょうしゅく》されたエネルギー光弾が、アイゼン・ガイストの結合部に流れ込んで爆発を起こし、陣形を吹き飛ばす。

巻き起こる爆煙の向こうから、イデアールが現れる。乗っているのはアードライ達パーフェクツォン・アミーではなく、機体も個別マーキングのない汎用機《はんようき》だが、それでもカルルスタイン機関卒の特務部隊員が操《あやつ》る独立戦艦である事に違いはない。

だが、そのイデアールのメイン火器による一撃《いちげき》も、五号機のシェルの前に弾《はじ》き散らされた。

再び一斉射《いっせいしゃ》されたファランクスの光の矢がイデアールに突き刺さり、爆発して装甲《そうこう》を抉《えぐ》る。

「どうだ！」

五号機は後期に開発された機体であるため、その基本的な性能は一～四号機を遥《はる》かに上回っている。しかしパイロットのキューマは戦場に出るのは初めてだ。最も警戒すべき背後にまで注意が行き届いていない。

『素人《しろうと》め、後ろががら空きだ！』

「しまった！」

もう一機のイデアールが、真後ろから高速で体当たりをしようと迫ってくる。

幼稚《ようち》な手段にも思えるが、いくらヴァルヴレイヴが機体性能で勝っていてもイデアールとの絶対的な質量差だけはどうにもならない。そうして勢いで弾き飛ばされれば、モジュールを守る事が出来なくなってしまう。体当たりは、単純ながら効果的な手段と言えた。

シェルを展開させてても、それごと押されてはどうしようもない。回避《かいひ》する時間もない。

なす術《すべ》もなく、イデアールが眼前に迫り――

『うっるぁぁぁぁああああ！』

雷のような硬質残光《こうしつざんこう》を迸《ほとばし》らせながら現れた、黄色い機体の巨大な腕が、イデアールの顔面に突き刺さった。

ヴァルヴレイヴIII。型式番号RM‐031、PFネーム『火神鳴《ヒカミナリ》』。

逆の腕でさらにもう一発。その腕は肩にマウントされた特能装備である。巨大な腕を模《も》した長距離砲『アームストロンガー・カノン』の手の平を開くとそこには砲門があり、発射されたレイヴ・エネルギーがイデアールのコクピットを吹き飛ばす。

『どうだ、ドルシア野郎！』

三号機のコクピットで、サンダーが勝利の雄叫《おたけ》びを上げた。

「山田《やまだ》！」

『サンダーだ！　お前さっきはサンダーって呼んでただろうが⁉』

「お前、乗ったのか……YESを押したのか……⁉」

『ああ、人間やめるとか何とか？　よく分からねぇけど連打してやったぜ？』

「連打、ってお前……そんな簡単に……」

キューマは、それが意味する事を分かっていて押した。しかしサンダーは何も知らず、よく考えもせずに押してしまったのだろう。サンダーは今、自分が本当の意味で人間ではなくなっている事を知らない。先に説明するべきだった、と悔やんでみてももう遅いのだが。

それに、悩んでいる時間もない。スクリーンに再び無数の敵影《てきえい》が現れる。

「説明は後だ、まずは！」

『おう！　ノブの仇《かたき》、取らせてもらうぜぇ！』

そして、青と黄のヴァルヴレイヴが戦場を駆《か》ける。

キューマはシェルを構えて敵の攻撃《こうげき》を弾《はじ》きながら、その合間を縫《ぬ》ってファランクスで攻撃する。防御特化型の五号機の盾《たて》は、ヴァルヴレイヴを構成する材質の中でも最高硬度を誇るクリア・フォッシル製で、さらにその表面にレイヴ・エネルギーで生成した皮膜《ひまく》を纏《まと》わせる事で、あらゆる攻撃を跳ね返す最強の盾となる。

サンダーの三号機はひたすら攻撃特化だ。直接攻撃の腕と遠距離攻撃のカノンに使い分けられるアームの他、レイヴ・エネルギーを円盤状に連《つら》ねて発射出来る中距離砲『チェーン・ソーサー』が肩に装備されており、その一斉射《いっせいしゃ》は戦艦の主砲にも匹敵するほどの一撃となる。もはやバッフェでは相手にもならない。イデアールが翼部《よくぶ》にマウントされたマイクロミサイルを出し惜しみせず全弾発射する。狙いはもちろん三号機。特別な防御手段のない三号機はなんとか飛んで逃げようとするが、その追尾を振り切れない。

その三号機の前に、五号機が割り込んだ。構えたシェルがイデアールのミサイルを全て防ぎ、後ろから現れた三号機が再び攻撃に転じる。

三号機の両肩のアームが分割展開して、左右四本ずつの腕となる。千手観音《せんじゅかんのん》のようになったその腕が背面のコンテナから武器を取り出す。それぞれ、切断武器『ダイ・アルファ』、刺突《しとつ》武器『ダイ・ガンマ』、射撃武器『ダイ・ベータ』、投擲《とうてき》武器『ダイ・デルタ』。合計八本の腕で種類の違う武器を器用に使い分け、中距離ではベータとガンマで牽制《けんせい》、近距離ではデルタの波刃で敵を確保、そしてアルファで破壊。イデアールの首を刈《か》り取り、撃墜《げきつい》した。

「なっ……八本腕だと⁉」

「元々の腕と合わせて十本です！」

「分かっとるわ！」

マニンガーもアウレリアも、突然の未知なるヴァルヴレイヴの参戦に混乱している。戦況をひっくり返され、動揺を隠しきれていない。

追い詰められたマニンガーは、犠牲《ぎせい》を問わずに敵を倒す手段を選ぶ。

「超マニンガー砲、用意！」

「超伝導流体加速砲の事ですか？」

「いちいち言い直すな！　早くしろ！」

「しかし、この角度では味方の部隊に！」

「命令だ！」

この戦いが終わったら、配属替えを願い出よう。秘かに決意するアウレリアだった。

旗艦《きかん》ノヴゴルドの翼《つばさ》の間に、超巨大な砲門がせり出してくる。

それとほぼ同時に、五号機のコクピットへエルエルフから通信が入った。

『犬塚《いぬづか》キューマ。068が敵の旗艦《きかん》だ』

「頭を潰《つぶ》せって事か」

『要塞《ようさい》攻略用の重装砲を持ち出してきたが、五号機なら防げるはずだ』

言われるまでもない。守るためにこの機体を選んだのだ。

守るのが、自分の役目だ。エルエルフの指示に従い、キューマは敵旗艦へと向かう。

「なぁアイナ……もし俺が告白したら、お前はOKしてくれたのか？」

重装砲にエネルギーが充塡《じゅうてん》されていくのを見ながら、キューマは不思議と凪《な》いだ心で、今はどこにもいないアイナに語りかけていた。

「困らせたか？　それとも、喜んでくれたか？」

エネルギーの充塡が終わり、重装砲が発射された。

今までに見たどんな攻撃《こうげき》よりも、眩《まぶ》しく、巨大なエネルギー波が向かってくる。

こんな攻撃を、本当に防げるのだろうか？　だが、もし防げなかったとしても、自分が間に入る事で確実に威力は削《そ》げるだろう。

それで『みんな』を守れるのなら……まぁ、いいか。

そんな事を思った、瞬間《しゅんかん》。

今、最も会いたかった相手の後ろ姿が、唐突に目の前に浮かんだ。

「っ！」

それは夢か、妄想《もうそう》か、戦場の高揚《こうよう》が見せた幻覚か。

それでもその時、キューマは確かに、アイナの存在を感じた。

アイナはゆっくりと振り返り、瞳《ひとみ》に涙を浮かべながら、笑顔で口を開く。


『――――。――――』


「アイナ！」

その声を聞いて、キューマは求めた。

自分を含まない『みんな』ではなく、自分をも含めた『みんな』を、守る方法を。

人間をやめた時、首筋から流れ込んできて、今は体中に溶けているような感覚の『情報』の中から、必要な情報を掬《すく》い取る。

五号機の特能装備である追加装甲《そうこう》『ＩＭＰ』は、通常は展開されている。

そのＩＭＰを収縮させる事で、通常はＩＭＰだけが纏《まと》っているエネルギー皮膜《ひまく》を全身に張り巡らせ、全ての箇所《かしょ》において均一の防御力を持たせる事が出来る。

五号機の完全防御形態――『難攻不落《インプレグナブル》モード』。

青い燐光《りんこう》を纏う五号機に、重装砲が直撃する。

その膨大《ぼうだい》なエネルギーを、五号機は、防ぎきった。

「ああ……分かったよ……アイナ！」

今、ここにいるはずのない、けれど確かにここにいる、アイナに向かってキューマは頷《うなず》く。

そして構えていたシェルを開き、最大出力の収束モードでファランクスを撃《う》つ。

光の矢が、ノヴゴルドのブリッジへ向かって飛ぶ。


「馬鹿な……！」

「加速砲を……押し返した……!?」

たかが一機の戦闘機《せんとうき》が、要塞《ようさい》攻略用の攻撃《こうげき》を防いだという事実に、マニンガーもアウレリアも開いた口が塞《ふさ》がらなかった。

退却を命じる暇《いとま》もなく、ヴァルヴレイヴから光の矢が飛んでくる。

「おぉっ！」

「避《よ》けろぉーっ！」

「間に合いません！」

エネルギーの光が、ブリッジを真っ白に染め上げる。

司令席を立ち、背を向けて床を蹴《け》るマニンガー。一体どこへ逃げようというのか。

白く染まってゆく視界の中。

（こんな事なら、最初から、配属替えを願い出ておけばよかった――）

それが、アウレリアが最期《さいご》に思った事だった。

○

「マニンガー准将《じゅんしょう》、応答ありません」

戦闘《せんとう》の様子を見ていたクリムヒルトが、通信を試した後、カインに報告する。

しかしカインはそれに答える事なく、新たに現れた二機のヴァルヴレイヴを見ている。

「これで四人……複製に成功したのか……」

カインの呟《つぶや》きを耳に拾い、クリムヒルトは思い返す。

(四人……やはり聞き間違いじゃない。大佐は、ヴァルヴレイヴの事を人のように……)

「全軍を後退させろ。作戦は終了した」

その命令を聞き、一つの確信を抱く。

マニンガー准将は、上層部が度重なるカインの失敗に業《ごう》を煮《に》やして自分に任務を任せたのだと思っていたようだが、今回の作戦にマニンガーを起用したのは、他ならぬカインだった。

(やはり今回の作戦……マニンガー准将は捨て石だった……？)

カインは言った。作戦は終了した、と。

失敗した、ではなく。

(この人は……一体……)

クリムヒルトの疑念は、もはや抑えられないところまできていた。

○

戦いが終わり、三号機と五号機が帰投《きとう》した格納庫《かくのうこ》で。

「ありがとうございます犬塚先輩《いぬづかせんぱい》!」「なぁ、今度俺も乗せてくれよ!」「怖くなかったですか?」「頼っちゃいます、先輩!」

主に同級生と後輩から、感謝の声を受けるキューマと。

「やるじゃんサンダー!」「見直したよアンタ」「流石っすよサンダーさぁん!」「かっこよかった、です……」

主に同級生と先輩から、賞賛の声を受けるサンダー。

無断で乗った二人を非難するような声はなく、それぞれに感謝されていた。サキの時との態度の違いは、やはり二人の面倒見の良さにあるのだろう。

コクピットで仁王立《におうだ》ちのサンダーの元へ、エルエルフが近づいてくる。

サンダーは、エルエルフの意向を無視してヴァルヴレイヴに乗った事で、これで一つ勝てた、と得意げにふんぞり返った。

「どうだ、乗ってやったぜ」

「独房からの脱走は逃走罪だ。もう一週間入っていろ」

「お前っ！　他になんもねーのかよ！」

忌《い》まわしげな顔の一つも見られるかと思っていたサンダーは、エルエルフのあっさりとした態度が不満である。

一方キューマは、自分を含めたみんなを守る、という目的が果たされて、とりあえずは達成感を抱いていた。

「驚いたよ。まさかお前が」

勝手に乗る事に、ある意味ではエルエルフ以上に文句を言いそうでもあるサトミが、しかし相手がキューマだと穏《おだ》やかである。

「らしくないか？」

「いえ、先輩《せんぱい》らしいです！」

答えたのはショーコ。人を明るくする持ち前の笑顔に、キューマもつられて笑顔になる。

だが、そんな戦勝の空気を壊したのは、意外にも。

「エルエルフ！」

パイロットスーツを着たままのハルトが、エルエルフに殴《なぐ》りかかった。

「ハルト⁉」

驚いて近寄っていくショーコとキューマ。ハルトの拳《こぶし》を難なく受け止めたエルエルフは、どこか楽しそうにも見える表情だ。

「エルエルフ、約束はどうした！」

「こいつらが勝手に乗った。仕方ないだろ」

「ふざけるな！　最初の敵が囮《おとり》だって、お前なら読めたはずだ！」

「買《か》い被《かぶ》りだ」

言葉とは裏腹に、浮かべた薄い笑みが、その通りだと言っている。

囮に引っかかった事、停電した事、独房が開いた事、キューマとサンダーがヴァルヴレイヴに乗った事——全て、エルエルフの筋書き通りだ。自ら乗り込む覚悟があるかを見る事と、乗り込んだ責任をパイロット自身に負わせる事、そしてもう誰《だれ》も乗せないというハルトとの約束を破ってはいない形にする事が目的だった。

「くっ！」

その笑みを見て、ハルトはさらに拳を振り上げる。

だが、その拳を受け止めたのは、キューマだった。

「やめてくれ！」

「先輩……」

「いいんだよ、これで。ハルト、これからは俺も一緒に戦わせてくれ」

「でも……」

反論しようとするが、吹っ切れたようなキューマの顔に何も言えなくなる。それは、一人で銃《じゅう》の組み立てをしていた時よりもよほど安心出来る顔だった。

「ふられたよ。すっきりとな」

「え……？」

「……アイナが言ったんだ。こっちに来ないで、って」

驚いて、目を見開くハルト。

数日前の戦闘中《せんとうちゅう》、自分もアイナの声を聞いた。

あれは、戦闘の高揚《こうよう》か、自分の心が生んだ、幻だと思っていた。

だが、キューマもアイナの声を聞いたという。それも、カミツキになった途端に。

これは、偶然なのだろうか——？

○

校舎裏。

生徒達が作った簡易《かんい》墓地の前で、サンダーが手を合わせている。

「ノブ……お前の仇《かたき》、取ったからな……！」

ドルシアとの戦いが終わった訳ではない。

だが、サンダーはやっと自分の手で、一矢《いっし》報《むく》いる事が出来たのだ。

自分の気持ちに区切りをつけるため、サンダーは今、ノブの墓に手を合わせているのだった。

「よう」

そこへ、後ろからかけられた声に振り返るサンダー。

「てめぇか、言いなり野郎」

「その呼び方はもうやめてくれよ」

苦笑するキューマに、ふん、とサンダーは鼻を鳴らす。

アイナの墓の前に膝《ひざ》をつき、手を合わせるキューマ。サンダーは何も言わず、しかし立ち去る事もせず、その背中を見ている。

やがてキューマは、誰《だれ》にともなく、ぽつりぽつりと呟《つぶや》き始めた。

「俺は……あの子が笑ってるだけで、幸せな気分になった」

あの子というのが誰なのか、分からないほどサンダーも鈍くはない。

「自分に自信がなくて……優しくて……人の幸せをちゃんと喜べる子で……しいたけが苦手で……悲しい話は嫌いなくせに、ホラーが好きで……」

キューマが口にするあの子の事は、サンダーが知らない事ばかりだ。

「泣いてる肩が小さくて……抱きしめたいと思った。キスしたいと思った。ずっと一緒にいたいと思ってたんだ……」

小さく震《ふる》えるキューマの肩と、声。

それきり黙《だま》りこんだキューマに、今度はサンダーが話しかけた。

「……臆病《おくびよう》女が、勝手に緑に乗って出撃《しゆつげき》した時」

互いに目線は墓に向けたまま、独り言のような会話を続ける。

「見ててムカついたぜ。せっかくロボットに乗ったのに、ビビって動けなくなりやがって。俺に代われって本気で思ってた」

お前ならそうだろうな、とキューマは口に出さずに思う。

「でもな、俺がもっとムカついたのは、他の生徒共だ。自分達は乗る気もねぇくせに、安全な場所から文句だけ言いやがる。ぶん殴《なぐ》ってやろうかって思ってた。そしたら」

そこから先は、キューマもよく覚えている。

「眼鏡女に、先越されちまった。いつもはウサギかなんかみてぇに大人しかったくせに、でっけぇ声でやめろって言いやがった。戦ってるやつを、戦ってないやつが責めるな、ってな」

そうだ。まさかあの子があんな事を言い出すなんて。とても驚いた。

「大した女だと思ったぜ。お前が惚《ほ》れるのも分かる。俺がARUSの政治家野郎に撃《う》たれた時も、逃げる生徒達と反対に、一人で俺を助けにきやがって……」

あの時は、見かねてキューマとサキも手を貸した。友達でもないのに、とぼやくサキに、あの子は涙目で、だって、とだけ言った。

「……いつか、借りを返そうと思ってたのによ」

サンダーがあれほど戦いたがったのは、そういう理由もあったのかもしれない。

「……あいつの追悼《ついとう》コーナー、お前が作ったのか？」

唐突に、サンダーがキューマに聞いた。

「まさか。流石に、俺もそこまで図太くはないよ」

「そうか……」

「なんだ？」

「あれを作ったやつ、一発ぶん殴ってやりてぇと思ってたんだよ」

「どうして」

「だってよぉ、気色悪ぃだろあんなの」

サンダーの言いたい事は、分からないでもない。

「何も知らないくせに、無責任に『安らかに』なんつってよぉ。あんなのただ、自分が他人の死を悲しめる優しい人間だって思いてぇだけじゃねぇか。そんなの集めて何が嬉《うれ》しいんだ」

歯に衣《きぬ》着せぬ言い方に、思わずキューマは苦笑する。

「そうとは限らないだろ。何も知らない相手の死を本気で悲しめるのが人間だって、俺は思うよ。相手の事を何も知らないから、それしか気持ちを伝える手段がないだけじゃないか」

「けっ……」

つまらなそうに呟《つぶや》き、足元の小石を蹴飛《けと》ばすサンダー。

きっと、キューマの言う事が、分からないでもないのだろう。

「なぁ」

「あん？」

「俺にも聞かせてくれよ。ノブってやつの事」

「おぅ、いいぜ。ノブはなぁ……」

そうして二人。

暗くなるまでずっと、墓の前で、誰《だれ》かの大切な人の話を聞いていた。

第七章

+ + +

▶野火マリエ

咲森学園の高校2年生。ショーコの親友。幼い見た目に反し精神的には大人で、言葉少なに鋭いツッコミを入れることも。

▶連坊小路サトミ

咲森学園の高校3年生。生徒会長を務めている。エリート気質で頭は良いが、ピンチに弱い。その一方で、どんな時でもアキラの事は一番に考える、妹想いな兄の一面も持つ。

▶二宮タカヒ

咲森学園の高校3年生。0Gバレエ部に所属しており、女子運動部のリーダー。2年連続でミス咲森に輝く、少し高飛車なお嬢様系。

第七章

咲森学園《さきもりがくえん》地下、標本室、最奥《さいおう》。

羊水のような液体に満たされた巨大なガラスの筒の中で揺れる、四肢《しし》のない不完全機のシルエットを見上げ、貴生川《きぶかわ》タクミは小さく呟《つぶや》く。

「動かない……？　正規のナンバーを与えられているのに……」

プリメートフレームに打刻されたナンバーはＲＭ-０２０、ネームは『鉄火《テッカ》』。それはつまり、この機体がヴァルヴレイヴ二号機である事を意味している。

「――っ」

ふと、室内に気配を感じ、懐《ふところ》に忍ばせた銃《じゅう》に手を伸ばす貴生川。

だがそれを抜くと同時に、逆に精密な射撃《しゃげき》を受けて銃を弾《はじ》き飛ばされた。

軍事教練中《きょうれんちゅう》とは言え、人が手に持った銃を狙って撃《う》つなどという射撃技術を持つ者は、この学園には一人しかいない。

「貴生川タクミ。認識番号ＪＳ２７―９１５４２７７」

エルエルフ。油断する事なく、手にしたハンドガンを貴生川に向けている。

「ジオール軍第四研究所所属、マスター・フェロー」

それは、生徒達には隠されていた、物理教師貴生川タクミの真の肩書きである。

いや、貴生川だけではなく。

「七海《ななみ》リオン以外の教師は、全てジオールの軍人だった……どういう事だ？」

気付かれたか、と苦笑する貴生川。この期《ご》に及んでしらばっくれるつもりはない。どうせ、この男ならすぐに突き止めるだろうと思っていた。

だから、まだ気付いていないらしい情報も、自分から提供してやる。

「教師だけじゃない。町の住人、港の職員も、全て軍属さ」

「……なんだと」

僅《わず》かに眉を顰《ひそ》めるエルエルフ。

一人旅団《ひとりりよだん》などと呼ばれ、予言者のレベルで未来を予測し、たった一人で状況を支配してしまう男に、そんな表情をさせている事が少しだけ愉快《ゆかい》で、貴生川の口は軽くなる。

「このモジュール77も、生徒達も……全ては、ヴァルヴレイヴのために作られたという事だ」

「…………」

学園の生徒がパイロット候補として集められている事は、エルエルフにも分かっていた。だが、モジュールそのものがヴァルヴレイヴのために作られたとは――

「ついて来い。俺の知ってる事を話してやる」

そう言って、向けられた銃《じゅう》を気にもせずにエルエルフの横を通り、標本室を出て行く貴生川《きぶかわ》。

エルエルフは銃を収め、無言でその後に続いた。


五機のヴァルヴレイヴが並ぶピットの中。一号機のコクピットで、エルエルフと貴生川は言葉を交わす。

「VVV《スリーヴィ》計画……？」

「中立平和を謳《うた》うジオールは、その建前上、大きな軍隊を持てない。そこで、たった一機で艦《かん》隊《たい》すら相手に出来る兵器を開発する事になった」

「それがヴァルヴレイヴか」

ヴァルヴレイヴとは一体なんなのか。実の所、貴生川の知る事はそう多くはない。しかし、一応かつては開発に携《たずさ》わった事もある身だ。このモジュール77で、今一番ヴァルヴレイヴについて詳しいのは、間違いなく彼だった。

「しかし、そんな都合の良い兵器がよくも開発出来たものだ」

「ルーンのおかげだよ」

「ルーン……？」

その耳慣れない言葉に耳をそばだてるエルエルフ。

「噛《か》み砕《くだ》いて言うと、『情報原子』という所かな」

貴生川はコクピットをメンテナンスモードに切り替え、コンソールのスイッチを押してシステムを起動させる。数度操作すると、画面に原子構造のようなものが映し出される。

「全ての物理存在は原子で構成されている。それと同じように、情報を構成する最小単位が、情報原子『ルーン』……という事らしい」

「そのルーンとやらが、ヴァルヴレイヴとどう関係しているんだ」

「はっきりとした事は分からないが……」

コンソールモニタを操作し、ヴァルヴレイヴの構造図を呼び出す。その胸の辺り、球体のユニットを指差しながら。

「原動機『レイヴ』。VLCポリマーや各機体の兵装にレイヴ・エネルギーを供給しているこのエンジンだが、燃料はガソリンでも電気でもなく、どうもそのルーンらしい」

「……つまり、ジオールの科学者が、ルーンという新しい燃料を使ってエネルギーを生み出す技術を発明したという事か？」

信じられない話ではない。これまでも、ジオールの科学技術は信じられないような功績《こうせき》をいくつも残している。それはエネルギー変換技術の分野でも例外ではない。

「いや……」

しかし、貴生川は静かにその言葉を否定する。

「……もしかしたら……『マクスウェルの悪魔』を、見つけたのかもしれない……」

「どういう事だ？」

「ここからは、俺の推察なんだが……」

どう説明するか、考えをまとめるように口元に手を当てる貴生川《きぶかわ》。

「エントロピーは増大する。この言葉の意味が分かるか？」

「熱力学第二法則《ねつりきがくだいにほうそく》か」

「流石だな」

熱力学第二法則とは、ごく簡単《かんたん》に言うと、熱は高温のものから低温のものへと移り、外部に影響《えいきょう》を与えずには元に戻る事はない、という法則の事である。これを不可逆変化と言い、二つのものの温度がやがて均一になっていく変化の事を『エントロピーが増大する』と言う。

「エントロピーは常に増大し、外部に影響を与えずには決して減少する事はない。だが、ここに一つの矛盾《むじゅん》を突きつける思考実験があった。知ってるか？」

試すような貴生川の視線に、エルエルフは平然と答える。

「均一な温度の気体で満たされた容器を窓付きの壁で区切り、それぞれA、Bとする。気体の温度は均一でもそれを構成する個々の分子の速度は一定ではない。この飛び回る分子の内、速い分子がAの方へ飛んでいく時と、遅い分子がBの方へ飛んでいく時だけ窓を開けて分子を通すようにすれば、外部に影響を与える事なくAの気体の温度を上げる事が出来る」

淀《よど》みない説明に、気をよくして貴生川は続ける。長い教師生活で頭の良い生徒を相手にする喜びを知ってしまったのか、それとも元よりそういう気質だったのか。

「その通りだ。エネルギーを作るという事は、つまり温度差をなくすという事。本来ならエントロピーが増大して温度差がなくなった時点でそれ以上のエネルギーは作れなくなるが、もし分子の状態を観測して窓を開け閉めする事の出来る存在がいるなら、速い分子と遅い分子を分けて再び温度差を作り出す事が可能になる。その架空《かくう》の存在の事を、思考実験の提起者の名前を取って『マクスウェルの悪魔』と呼んだ」

「そう言えば、その思考実験を世界で初めて実証したのもジオールの科学者だったな。だが、その悪魔の仕事には、それによって得られるエネルギーとほぼ同等のエネルギーが必要という事ではなかったか？」

「そうだな。分子を観測し、窓の開け閉めをするにはエネルギーを必要としないが、その次の分子を観測するため、今観測した分子の記録をリセットする……要するに、悪魔の記憶を消す事が必要となる。その記憶の消去に、エネルギーが必要という事が分かったんだ。思考実験が実証された時は、悪魔に代わって人間がコンピューターなんかを使って分子を観測した。いわゆる『マクロな悪魔』ってやつだ。だが、これにより差し引きで得られるエネルギーは微々たるもので、とても実用化に堪《た》えうるものじゃなかった」

一旦《いったん》言葉を区切る貴生川。だがそれは、話がそこで終わりだという事ではない。

「しかし、お前は言ったな。マクスウェルの悪魔を見つけたのかもしれない、と」

「ああ……正確には、マクスウェルの悪魔とは言えないのかも知れないが……もし、その記憶の消去に必要なエネルギーの代替《だいたい》として全く別のエネルギー源を使い、本来必要なエネルギーの支払いを先送り出来るような存在がいるとしたらどうだ？　そうすればそのツケを払うまでの間、永久機関のように機能するものが作れるかもしれない」

「その全く別のエネルギー源というのが、情報原子、ルーン」

「そうだ。そしてそのルーンを代替エネルギーとして利用出来る存在が……」

「マクスウェルの悪魔、という事か……」

エルエルフの導き出した結論に、貴生川《きぶかわ》は一つ頷《うなず》く。それがどこまで当たっているのかはともかく、ヴァルヴレイヴという兵器の謎はそのくらいでなければ説明がつかない、とエルエルフが思っている事も事実だった。

「ＶＶＶ計画の発案者は、マクスウェルの悪魔を見つけてレイヴを作った……その推測が当たっているとすれば、悪魔の正体は何だ？」

「さて……宇宙人だったりしてな」

冗談めかした貴生川の答えを、エルエルフは存外《ぞんがい》真面目な顔で聞いている。あり得ない話ではない、とでも言うように。それを見て、貴生川は軽く肩を竦《すく》める。

「ま、全部俺の想像だがね」

「想像、か。お前は開発メンバーではないのか？」

「いやぁ、配属早々、上とモメてね……被験体の監視役《かんしやく》に左遷《させん》さ」

「被験体……生徒の事か。やはり、ヴァルヴレイヴのパイロットとして適合《てきごう》するために、何らかの処置を施《ほどこ》されているんだな」

咲森学園《さきもりがくえん》への転入生としてモジュール77に潜入《せんにゅう》する際、用意された偽造書類にあったチェック項目をエルエルフは思い出す。【適合処置：済】と。

「そういう事。詳しくは俺も知らないけど、この学校の生徒は皆、受精卵の段階で一度取り出され、何かをされているらしい。それが成長するにつれてどんな影響《えいきょう》が出てくるか分からないから、教師は全て軍人、監視役だよ」

続いて画面には、生徒達一人一人の情報が表示される。それは適合処置の結果としての影響をまとめたもので、人によってそれぞれ影響の形や大きさは異なるようだった。

貴生川は、子供達に対するその扱いに憤《いきどお》り、上層部と衝突《しょうとつ》した結果、開発メンバーから監視役へと回された。だが、そんな事を自分から言いはしない。それはなんの免罪符《めんざいふ》にもならないと分かっているからだ。

「七海《ななみ》リオンだけ違うのは？」

「七海ちゃんは特別。一応普通の学校って体裁《ていさい》になってるから、教育実習生も受け入れざるを得なかったんだろうな」

貴生川《きぶかわ》のセリフに反応し、突如《とつじょ》コンソールモニタの中に3Dモデルの少女が現れた。

——受ケ入レル。受容。挿入《ソウニユウ》？——

何かとんでもない勘違いをしているようで、赤くなった頬《ほお》に手を当てている。

「おかしなガイドプログラムだよな」

その意見にはエルエルフも同意する。支援《しえん》AIかとも思ったが何の役にも立っていない。いつの間にか漢字を使うようになっている事から、少しずつ学習はしているようだが。

「これ、一号機にしか入ってないんだ。ハラキリブレイドが使えるのも一号機だけだし、どうも特別な機体らしい」

褒《ほ》められたと思ったのか、えっへん、と得意そうに胸を張る3Dモデルの少女。

二人の目線に晒《さら》されながら、少女はモニタの中を泳ぐように自由に飛び回る。

まるで、その中に実在しているかのように。

○

執拗《しつよう》なドルシアの襲撃《しゆうげき》と、それによるさらなる民間人の死亡。

　誰かが作った櫻井《さくらい》アイナの追悼《ついとう》ページは全世界に拡散され、大衆の感情を掴《つか》み、国際世論を動かす事となった。結果、モジュール77の月への受け入れを嘆願する署名活動が世界中で行われ、月は異例の速さで受け入れ態勢を整えた。

　月到着後、モジュール77の今後については国際会議が開かれる事となっている。会議にはもちろんARUSも参加する。今も、モジュール77の代表として、七海《ななみ》がARUS大統領と映像通信を交わしている。

「ARUS軍の皆さんには、本当にお世話になりました」

『こちらこそ、私の部下が失礼をしたようで。セレモニーが終わったら、改めてお詫《わ》びを』

「え？　セレモニー⁉」

『あなた達は英雄です。当然でしょう！　国際会議にマスコミの取材、忙しくなりますよ』

「はぁ……」

『それでは、月でお会いしましょう。七海リオン代表』

　結局、まともな答弁も出来ないまま、通信は終わる。疲れたため息を一つ吐き、七海は思いつめた表情で呟《つぶや》く。

「……駄目、このままじゃ」

　モジュール77は、否《いな》、ジオールは今、大きな転換期にある。

　そんな時に、成り行きでなし崩し的に代表を決めていては——早い話、相手国に舐《な》められる。

耳通りの良い言葉、友好的な笑顔。そんな物に囲まれてはいても、七海《ななみ》は分かっている。自分達は今、まともな国としての相手などされていない。

だからこそ七海は、今、自分がやるべき事は何なのか、考えていた。

○

「聞いてねぇぞ！　カミツキなんて！」

パイロットの待機室で、生徒達の減刑嘆願によって独房入りを免《まぬが》れたサンダーが、今更ながら人間をやめる事の意味を正確に聞いて大きな声を上げた。

「言ってないもの」

「俺は知ってたけどな。だから乗るなって言っただろ」

平然と答えるサキとキューマ。自分だけが何も知らなかった事実にぐぬぬと唸《うな》るサンダーに、ハルトだけが気遣《きづか》わしげな声をかける。

「その……ショックだと思うけど、落ち着いて……」

「ふ……ふふふ、ふふふふふ……だーっはっはっは！　格好いいじゃねーか！」

「えぇ⁉」

「不死身の、ダークヒーローってヤツだろ⁉　ポーズとかあんのか？」

「バカで助かったわ」

「んだとぉ⁉」

髪をかき上げながら露悪的《ろあくてき》に吐《は》き捨てるサキにサンダーが食ってかかり、そこへ割って入るようにキューマがパイロットスーツのヘルメットを投げて渡す。

「まぁまぁ、仲良くやろうぜ。これからはチームなんだからな」

「チーム……」

「一人じゃないって事さ」

「……はい」

頼もしいキューマの言葉に、顔をほころばせるハルト。

それとは対照的に、サキの表情はどこか寂《さび》しそうでもあった。

（……ふたりぼっち終了、か）

サキは、たくさんの仲間などいらなかった。

一人は嫌だ。でも三人以上だと、自分が仲間外れにされるかもしれないからそれも嫌だ。

二人がよかった。

選ばなくても、選ばれなくても大丈夫。お互いにお互いだけが、特別な関係。

サキは、ハルトと二人がよかった。

（私、いつの間にこんな……）

最初は、有名になるために利用出来そうな相手、それだけだった。

その後で、予想外の心の強さと、予想以上の甘さを、優しさを知った。

そして、同じ秘密を共有する、ふたりぼっちの仲間になった。

それから何度も共に戦い、何度も助けられた。

サキの中で、少しずつハルトの存在が大きくなっていたのは、ごく自然な事だった。

○

アキラのダンボールハウス。いつものように押しかけたショーコが、もうほとんど迷惑そうな顔を見せなくなったアキラにあれこれと話しかけている。

「ごめんねぇホコリだらけで。宮町《みやまち》君が大切なプラモ埋《う》まっちゃったって言うから」

アイドルオタクであり熱血アニメオタクでもある二年生の宮町トオルは、瓦礫《がれき》の中に埋まってしまった限定版のプラモデルを霊屋《おたまや》達オタク仲間と必死になって探していた。そこへ通りかかったショーコも一緒になって探し始め、見事にそれを探し当てたのだ。

「分かるなぁ〜。私もさ、お気に入りのシャツが埋まったら悔しいもん」

誰《だれ》もが知るところではあるが、ショーコがお気に入りとするシャツのラインナップは、はっきり言っておかしい。センスが悪い。悪趣味《あくしゅみ》である。インパクトのある謎のワンポイントに大きな漢字が入っているものが多く、今着ている物も、プロレスラーの顔の横に大きく『力』とプリントされている。こんなものが埋まったところで何が悔しいのか、むしろ埋めてしまいたいと思えるくらいだが、アキラはそんなショーコの話を穏《おだ》やかな顔で聞いている。

「はいっ」

「うぇ？　あぅ……」

唐突にアキラの目の前に差し出されたのは、ラー油を塗りたくったポテトチップ。

「食べてみて」

「……はむ」

ショーコが持ったポテトチップに、思い切って噛《か》みつくアキラ。ぱりぱりと音を立てて咀嚼《そしゃく》し、目を丸くする。

「……んまっ」

「ね⁉　美味《おい》しいでしょ。絶対おすすめなんだから、ポテチにラー油！」

「ん！　ん！」

にこにこと頷《うなず》くアキラ。出会ってからしばらくは絶対に見られなかったそんな表情を見せてくれるようになった事が嬉《うれ》しくて、ショーコは意気込んでアキラとの距離を詰める。

「ね、月についたら一緒にスーパー行こうよ」

「うぇっ……ぅ……」

外への誘いは、まだ怖い。今はまだ、この小さな城から出たくはない。

だが、そんな葛藤《かっとう》などお構いなしに、ショーコは能天気に続ける。

「あー！　これこれ、このウエハース好きなの？　これの福神漬け載《の》せがめっちゃウマなの！　それと、焼くと異次元の美味《おい》しさ！　オリーブオイルで焼くのがコツなんだ！」

パソコンデスクの下に転がっていたお菓子を拾い上げ、ショーコがはしゃぐ。お菓子や飲み物は全て兄のサトミが定期的に補充《ほじゅう》してくれるもので、それがどこで売っているものなのかなど何も知らない。

「ね、どうかな？　アキラちゃん」

「あ、ぅ……」

外への誘いは、まだ怖い。今はまだ、この小さな城から出たくはない。

だけど、ショーコがあまりに楽しそうに笑うから。

「……ぅん」

小さく、頷《うなず》いてしまった。

「やった！　約束ね！」

ショーコがアキラの手を握ってくる。それが恥ずかしくてはにかむアキラ。

その時ふと、ショーコの目がパソコンの画面の隅《すみ》に表示されているウィンドウの映像に引き寄せられた。

「アキラちゃん……それ、何見てるの？」

「え……あの、ARUSの、ニュース番組……」

「音量、上げてもらっていい？」

言われるがままに、音量を上げるアキラ。

そして聞こえてくるニュース音声。

「……っ！」

その内容を理解したアキラが、慌《あわ》ててウィンドウを消すが、もう間に合わなかった。

○

校舎の屋上で、ハルト達ヴァルヴレイヴパイロットの四人が集まっている。

「実験？」

「ああ。俺達の体の事、もっと知っておいた方がいいだろ」

「確かにそうね……」

提案したのはキューマ。カミツキとなった体について、自分達の事なのに知らない事が多すぎるのは確かだった。

「まずは、ジャックの方からいこう。持続時間と回数、それと」

「おい、ちょっと……」

続けようとしたキューマを強引に遮《さえぎ》り、サンダーが顔を近づけて何やらひそひそと耳打ちする。話の腰を折って、と不満げなサキの視線に気付きもしない。

「……本当か、それ？」

「だから、試してみようぜ」

「何の話？　……うわっ」

興味を示したハルトも、肩を摑《つか》まれ乱暴に内緒《ないしょ》話の輪に入れられる。だが、サキは女だからか、その輪に入れてもらえない。

「え、なに？　ねぇ、ちょっと」

「えぇ!?」

「男だろ！　お前だって、好きだろうが……」

「無視!?」

「な？　な!?」

「そりゃ……まぁ……」

「…………」

楽しそうな男三人組。サキは疎《そ》外感《がいかん》に寂《さび》しそうな顔をする。

（ほら、やっぱりこうなった……だから二人がよかったのに……）

そんなサキの心情は露知《つゆし》らず、サンダーはスマートフォンを取り出して動画を再生する。

「俺のとっておきを見せてやるから」

「あっ……おっきぃ……」

「定規にこんな使い方が……」

「だろぉ？　イケるんだよコレが……」

ついにはキューマまでもが陥落《かんらく》し、サンダーのとっておきに食いついてしまう。定規にどんな使い方が、と気になるサキだが、私にも見せて、と入っていく気にもなれない。

そんな居心地の悪い時間を終わらせてくれたのは、校内スピーカーのハウリング。

「あん？」

一斉にスピーカーの方に目を向ける四人。聞こえてきたのは、七海《ななみ》の声だった。

『みんな。教育実習生の、七海リオンです』

『もうすぐ、月につきます』

『あ、あ、駄洒落《だじゃれ》じゃありません』

間の抜けた声が、一体何事かと身構えていた生徒達の緊張をほぐす。

『月についたら、各国との交渉とか取材とかで、代表者が必要になります』

『これまでは、なんとなく私がやってきたけど……それは違うと思うの』

『年上だからとか、先生だからとかじゃなくて……』

生徒会室で、サトミがうんうんと頷《うなず》いている。

『そこで、選挙をやろうと思います！　ジオール総理《そうり》大臣《だいじん》選挙です！』

それを聞いて、最初は困惑する生徒達。だが、一部の調子に乗りやすい生徒達がその気になり始め、それにつられて次第に声は大きくなっていった。

「選挙だって？」「俺達が、国のトップになるのか？」「いいじゃんそれ！」「私、やってみたい」「週休七日にしようぜ！」「今だって似たような物だろ」「面白そうだよ」「確かに」

口々にはしゃぐ生徒達。咲森学園《さきもりがくえん》の学生は、基本的に物事を深く考えない者が多いらしい。

そんな中、暗い表情でスピーカーを見つめる者がいる。

「……総理……」

思いつめた表情のショーコに、マリエが小さく首を傾《かし》げた。

○

翌日から、早速立候補者《りっこうほしゃ》達の選挙演説が始まった。

本命はもちろん、本国総理大臣の娘であり独立の立役者《たてやくしゃ》である指南《さしなみ》ショーコだろう。だがとりあえずショーコの立候補表明はされておらず、最有力対抗馬である現生徒会長、連坊小路《れんぼうこうじ》サトミの演説が生徒達の注目を集めている。

『……このように、食糧事情《しょくりょう》が17%も改善されます。7つのRがもたらす効果はそれだけではありません。現在、昼夜二時間ずつ実施されている節電も必要なくなります。さらに、ワイヤードによる広報活動も本格化。具体的には、定期的な番組の制作と、広報室の設置です。我々の正当性をきちんと主張し、ドルシアの横暴を世界に訴えるのです』

高名な経営コンサルタントが著作で謳《うた》った言葉などを織《お》り交ぜたサトミの演説は、生徒達の生活を改善する具体的な方針と手段で構成されている。電気や食糧といった身近な要素を引き合いに出すのは演説として効果的で、至極《しごく》真面目な顔で聞いている生徒も少なくない。

一方で、中には破天荒《はてんこう》な演説をする立候補者もいる。

パラリラパラリラ、と古い暴走族のようなエアホーンの音を鳴らしながら、一台のバイクが校庭に突入してきた。前輪カバーには稲妻を模《も》したオブジェ、カウルにはヴァルヴレイヴのシンボルマークである八咫烏《やたがらす》のペイントと『参』の文字。

バイクはハルト達を見つけて、スラロームからリアブレーキをロックさせて車体を流し、横腹を見せながらドリフト停車。

「うわぁっ！」

驚くハルト達の前に、運転手——サンダーが足を下ろした。

「俺も立候補するからな。応援よろしくぅ！」

親指で自分を指差し、爽《さわ》やかな笑顔を見せるサンダー。カウルの八咫烏《やたがらす》ペイントの完成度の高さに目を見張りながら、キューマが聞く。

「お前、このペイントどうしたんだ？」

「霊屋《おたまや》にやらせた。上手いもんだろ？」

なんで自分がこんな事を、とぶちぶち言いながらもフィギュア製作の技術を駆使《くし》し、最後には満足げな顔でサンダーに完成を告げる霊屋。そんな光景が目に浮かぶようだった。

「……本気だったんだね、山田《やまだ》君」

「……サンダーだって言ってんだろ？」

真顔でハルトに突っ込むサンダーを無視し、キューマが渋《しぶ》い顔で考え込む。

「俺達の秘密を守るためには、誰《だれ》かがトップにいる方が都合は良いが……」

「ハルト出なさいよ」

「無理だよ！　そういうキャラじゃないし……」

「まぁ、ショーコみたいな無茶なヤツの方が向いてるんだよな」

「……そういう意味では、こいつも意外と適任かも」

「んだとぉ!?」

サキの言葉に憤慨《ふんがい》するサンダー。なんとなく馬鹿にされたような気がしたのだろう。そしてそれは正解である。

「ほ、褒《ほ》め言葉だよ！　僕よりリーダー向きだって」

「え？　そうか？　……あーん、そうかぁ？」

どう聞いてもその場しのぎなハルトのフォローに、しかしサンダーは途端に笑顔になって、上機嫌でサキに向き直る。

「お前、良いヤツだな」

「はは……ありがと……」

真《ま》っ直《す》ぐに見つめられて、サキは思わず目をそらしながら引きつった笑顔で礼を言った。なんだか、サンダーの事がかわいそうになってしまったのだ。

「あはは……」

釣られて苦笑するハルト。

その視界の端に、一人でどこかへ歩いていくエルエルフの背中が映った。

気になって後を追ってみると、エルエルフは体育館へと向かう。

そしてその玄関ホールで、粛々《しゅくしゅく》と選挙の受付窓口を設営し始めた。

「意外だな。君が選挙管理委員をかって出るなんて」

「俺は亡命者《ぼうめいしゃ》で投票権がないからな」

「……また、騙《だま》すつもりじゃないだろうな」

キューマとサンダーが、エルエルフに踊《おど》らされてヴァルヴレイヴに乗ってしまった事。

二人の強い意志があった事も事実だが、一度決めたエルエルフへの信用は、今ハルトの中で再び揺らいでいる。

「代表が選出される事は俺の目的にも合致する。公正にやるさ」

もはや騙《だま》した事を否定もしないエルエルフを、ハルトは複雑な心情で睨《にら》みつける。

エルエルフの能力は、今のモジュール77には必要不可欠と言っていい。

だが、どこまで信じていいのか。エルエルフの目的はなんなのか。

腹の内を明かそうとしない相手に頼らざるを得ない事が、ハルトは歯がゆかった。

○

職員室。

代表の座を自ら辞《じ》し、総理《そうり》大臣《だいじん》選挙を発起した七海《ななみ》が、職員用のコピー機で手作りの立候補チラシを刷《す》っている。

「代表……辞めたいんじゃなかったの？」

それを見た貴生川《きぶかわ》が、不思議そうに声をかける。立候補するのなら、選挙などせずにあのまま代表の椅子《いす》に座っていればよかったのに、と。

対する七海は、真剣な横顔で、自分の気持ちを確認するように答える。

「逃げたい訳じゃないんです。みんなの代表をやるなら、ちゃんと選ばれたいから」

七海は、ただ大人であるというだけで暫定的《ざんていてき》な代表に選ばれた。

だが、この独立はあくまで生徒達が主体となっている。ならば代表も生徒達が責任を持って選ぶべきだという大人としての気持ちと、そしてやはり、なし崩し的に自分が代表に選ばれた事への不安があったのだ。

生徒達はきっと、代表を自分達と同じ学生の中から選ぶだろう。それでいい。モジュール77は今や、学生達の国なのだから。

しかし、もしこの選挙で、生徒達が正式に自分を選んでくれたなら……その時は、今度こそ自信と覚悟をもって代表としての任に当たろう。七海はそう決意していた。

「そうか……」

そんな七海の横顔を、貴生川が温かい目で見守っている。

教師の皮を被《かぶ》り、生徒達を監視《かんし》していた軍人達の中、唯一純粋に教師として、大人として生徒達に接していた七海の存在は、貴生川にとってかけがえのない癒《いや》しであった。

「あんた、良い先生になったろうな」

ぽん、と頭を叩《たた》いて去っていく貴生川。

「子供扱いしないで下さい！　むぅ～」

七海はそう言って、子供のように頬を膨《ふく》らませた。

○

地下の無重力エリアで、日課である0G《ゼロ》バレエの稽古《けいこ》を終えたタカヒは、地上へ向かうエレベーターの中、スマートフォンに表示させた選挙の予想得票数を見ていた。

予想では、一位の候補者が二位の候補者に三倍以上の圧倒的な差をつけている。

一位の候補者の名前は、もちろん連坊小路《れんぼうこうじ》サトミ。

「三年連続トップ当選は伊達《だて》じゃないわね」

その名に語りかけるように、タカヒは呟《つぶや》く。

基本的にタカヒは、勝つ者の味方、自分にとって利用価値がある者の味方だ。今回の選挙も、サトミ以外に有力な候補が現れればあっさりとそちらにつくつもりでいる。だが、サトミが勝つならそれに越した事はない。サトミに対してその程度の友誼《ゆうぎ》は感じていた。

エレベーターが止まり、ドアが開く。だがまだタカヒの目的の階数ではない。

顔を上げると――

「っ!?」

そこにいたのは、ハルトとサキだった。

「あ……す、すいませんタカヒ先輩《せんぱい》、お先にどうぞ」

焦《あせ》った顔のハルトが、自分は乗らないからドアを閉めてくれ、と手の平で促《うなが》す。思わず言われた通りにドアを閉めようとしたタカヒだが、そこへサキが口を挟む。

「ちょっとハルト、何言ってんの？　一緒に乗ればいいじゃない」

「でも……」

ハルトは、密室で誰《だれ》かと一緒になる事を忌避《きひ》している。いつカミツキの発作が起こるか分からないからだ。

なので出歩く時は事情を知る相手と最低二人で行動しようと決めたのだが、今のところサキは自らの意思でハルトとアイナに嚙《か》みついただけ、キューマとサンダーに至っては、サンダーが選挙でやる気になってしまったせいで実験が中断し、まだジャックすら経験していない。

結局、ハルト以外の誰も、突如襲《とつじょおそ》い来る発作の恐怖をまだ知らないのだった。

(大丈夫よ。発作が起きたらまたぶん殴《なぐ》ってあげるから)

(ええ〜……)

それも嫌だなぁ……と、ひそひそと小声で会話する二人に、何故かタカヒは小さな不快感を覚え、それをごまかすように気丈《きじょう》に言い放つ。

「そ……そうですわ。気を遣《つか》う必要などなくてよ、お乗りなさいな」

「だって。ほら、ハルト」

「え、あ、ちょっと……」

サキに強引に押し込まれ、タカヒがボタンを押して扉を閉じる。

そして密室と化したエレベーターの中、重苦しく黙《だま》り込む三人。地下施設から地上まではかなりの距離があり、しばらく止まる事はない。

（密室……）

ただじっと扉の方に体を向けて動かないハルトの背を睨《にら》みつけながら、タカヒはいつかの事を思い出す。

『アンタ達は、俺が守ってやるからさ』

『それとその口……ちょっとお喋《しゃべ》りすぎるな……』

あの時。普段の姿からは想像もつかないほど妙に自信に満ちた態度で自分を壁際に追い込み、感情をかき乱して去っていった相手。時縞《ときしま》ハルト。

あの時の胸の高鳴りがなんだったのか、今もってタカヒには分かっていない。

増してや、その相手が実はハルトではなくサキだったなど、夢にも思わない。

「……あ……タカヒ先輩《せんぱい》」

「い、いい気にならないでよ！　いくら有名人になったからって、パイロットだからって！　後輩の癖《くせ》に……戦争が起きるまでは、名前も知らなかったわ！」

「え……え……？」

沈黙《ちんもく》に耐えかね、先輩は立候補しないんですか、と聞こうとした途端、いきなりタカヒから

猛然《もうぜん》とまくしたてられ、ハルトは目を白黒させる。

一体何を、と聞き返そうとして――

「うぐっ……！」

衝動《しょうどう》が、突き上げる。

「私は、あなたが思ってるよう……な……？」

「ぐっ……うぅっ、ぐぁ……」

息を荒げ、自分を抑えるかのように胸を抱き、うずくまるハルト。

（発作……！　こんなタイミングで⁉）

それに気付いたサキは、一瞬《いっしゅん》対応に迷う。タカヒの見ている前で自分に噛《か》みつかせる訳にはいかないし、かといっていきなり殴《なぐ》ってもタカヒへの言い訳が面倒だ。

どうしたものか、と焦《あせ》るサキを尻目に、タカヒが心配そうにハルトへ近寄る。

「どうしたの？　時縞《ときしま》君」

「タカヒ先輩《せんぱい》……離れ……くっ……がぁぁぁぁあっ！」

「えっ？　あっ⁉」

発作を起こしたハルトが、タカヒに襲《おそ》いかかった。

「ダメ……！」

あの時よりもずっと乱暴に壁に叩《たた》きつけられ、怯《おび》えて目を閉じるタカヒ。

（今！）

ハルトがタカヒに噛みつく寸前、透《す》かさずその腹部へ、サキが自分の膝《ひざ》を叩き込んだ。

「がっ！　あ……」

「流木野《るきの》さん⁉」

ぽーん、と音がして、エレベーターの扉が開く。

「見境《みさかい》ないわね、馬鹿ハルト」

「う……あ……？」

正気に戻ったハルトに、サキは片目をつぶって合図する。

「いくら先輩がエッチな体してるからって」

「あ……あぁ……」

タカヒは今、体のラインがはっきりと分かる0G《ゼロ》バレエの衣装を着ている。胸元は大きく開き、腰周りは剝《む》き出しだ。サキの意図を読み取り、ハルトはタカヒに顔を向ける。怯えて後ずさるタカヒ。

「あ、あの……そうなんです、先輩が、エ、いや、とても、綺麗《きれい》だったから……」

苦しい言い逃れに、さらに苦しい取り繕《つくろ》い。

「その格好、男子には目の毒ですよ」

何が何やらわけが分からずタカヒが混乱している内に、サキはハルトの腕を摑《つか》んでさっさとエレベーターを出て行く。

「すいませんでした……」

「ちょ……待ちなさい！　待って！」

あらゆる事態から置いていかれたタカヒの声は、無情に閉まるエレベーターのドアにぶつかって散った。


第一校舎の裏手。

独立して間もない頃にARUS軍から受け取った、物資などのコンテナが無数に並ぶその場所を、ハルトとサキは歩いている。

「発作の間隔《かんかく》が、短くなってる？」

ハルトの告白に、目を細めるサキ。

サキがハルトの発作を見たのはこれが二度目だ。保健室でキューマに襲《おそ》いかかったのが一度目。エレベーターの中でタカヒに襲いかかったのが二度目……だと思っていたのだが、加えて二回、寮《りょう》でエルエルフを相手に発作を起こしている事は初めて聞いた。

（私がカミツキになってから、今日で確か……六日。私はまだ、発作が起きてないけど……）

もしかしたら明日、いや今日これからでも自分にも発作が起きるのではないか……そう考えると、サキも流石にぞっとする。

「怖いよ……このままどんどん短くなって、ゼロになったら……ケモノみたいに、人を襲って回るんじゃないかって……」

立ち止まり、辛そうに顔を伏せるハルト。

サキは思う。

ハルトは本来、優しい人間だ。今は戦争をしているが、それはモジュールを、ショーコを始めとするみんなを守るため。

本当なら、自分が助かるために他人の命を犠牲《ぎせい》にするなどという事には、耐えられない人間のはずなのだ。

「ハルト」

もしそれが、自分の意思とは関係なく、守りたかったはずの人を襲って回る本物のバケモノになってしまったら――

「その時は、私が殺してあげる」

きっと、それでも生きていたいなどとは、思うまい。

誰《だれ》かのために。そんな考えは、サキの中にはないものだった。

だが、ハルトをジャックした時から、なんとなく、そんなハルトの甘さの、優しさの一部分が、ほんの少しだけ自分の中にも残っているような気がして。

それに、サキは約束がほしかった。

約束のない繋《つな》がりなど、サキにはまだ信じられない。その約束すら、平気で裏切られるのが世の中だと思っている。事実、ふたりぼっちはあっさり終わってしまった。

だから、二人だけの、特別な約束がほしかった。

一方、唐突なサキの言葉に、ハルトは目を見開く。

その時は、私が殺してあげる。

きっと、ショーコは絶対にそんな事を言わない。

もしハルトが理性のない獣《けもの》になってしまったら、ショーコはきっと、何が何でもハルトを助けようとするだろう。やれる事はすべてやって、限界を超えても足掻《あが》いて足掻いて、それでもどうしようもなくて、無力感に苛《さいな》まれ、理不尽な運命への怒りに心身を焼かれ、絶望に泣き叫《さけ》びながら——それでも、絶対にハルトを殺そうとはしないだろう。

だから。

「……うん。殺されるなら、流木野《るきの》さんがいいな」

きっと、この思いは、ショーコには絶対に分かってもらえない。

ハルトはもう、分かっていた。自分が、ショーコと同じ世界を生きられない事を。

同じ呪《のろ》いを受けたサキでなければ、「殺してあげる」という言葉の涙が出るほどの優しさは、理解出来ないのだと。

微笑み合うハルトとサキ。

それは、とても歪《いびつ》で、不健全な、しかし確かな絆《きずな》だった。

「あ……ショーコ」

タイミングが良いのか悪いのか、サキの背後から、ショーコがマリエと二人で歩いてきた。

「やっほ、ハルトに流木野さん。えっと、これから訓練？」

いい所だったのに、と不満げに顔を逸《そ》らすサキ。たった今まで自分と見つめ合っていたハルトが、自分に向けたものとはまた違う笑顔をショーコに見せた事も気に食わない。

「あぁいや、流木野さんとはたまたま」

たまたまじゃないでしょ、ずっと一緒にいたでしょ？　と言いたくなるのを、ぐっと飲み込む。そんな事を主張しても虚《むな》しいだけだ。それよりも。

「出ないんですか？」

「え？」

「選挙」

ジオール総理《そうり》大臣《だいじん》の娘で、独立の発起人《ほっきにん》。生徒達からの人気も高い。本来なら、ショーコほど立候補すべき人間など他にいない。

もしショーコが総理大臣になれば、またハルトとの距離も開くのではないか……という思惑が、サキになかったと言えば嘘《うそ》になるだろうか。

「あ……あはは、無理無理。そんなの、向いてないよ。あはは……」

困ったように、ぎこちなく笑うショーコ。

無理だとか向いてないとかじゃなくて、あなたには立候補する義務があるんじゃないの――

そう思ったが、口には出さないサキ。

「あー……そういうのは三年生が、」

「おーい！」

なおも何かを言い繕《つくろ》おうとするショーコを遮《さえぎ》り、誰《だれ》かの声が響《ひび》いた。

目をやると、コンテナの中を漁《あさ》っていた霊屋《おたまや》を始めとするオタク達が、ショーコの声に気付いて作業を中断し、顔を出していた。

「俺達男子文化部は、ショーコに投票する事にしたから！」

「えぇ？」

「プラモデル、一緒に探してくれただろ！」

「軽音部の予算も、会長に掛け合ってくれたって⁉」

「あ……あれは、私が好きでやっただけで……」

「なに？　ショーコ出るの？　選挙！」

「えぇ⁉　出ないよ！」

霊屋達とショーコの大声のやり取りを聞きつけ、作業中だった女生徒達も近づいてきた。誰もいないと思っていたハルトは、自分達の話も聞かれていたのではないかと一瞬《いっしゅん》心配になる。

だが、幸いにも生徒達はショーコ達の声しか聞いていないようだった。

「向いてるよ絶対！　立候補しなよ！」

「だって、私なんか」

「いっつもあたし達の試合の応援してくれてるし」

「差し入れしてくれたり！　ほんと、ショーコなら出来ると思うんだよね」

「えぇ～……や、やめてよ、私、全然そういうんじゃないから！　ほんと、買《か》い被《かぶ》りだよ！」

困った顔と照れた顔の中間くらいの表情で、ショーコは頑《かたく》なに立候補を否定する。

その表情の狭間《はざま》に、どこか悲痛なものが混じっているような、ハルトはそんな気がした。

○

翌日、夕日の落ちる第一体育館。

選挙開始まであとわずか。入り口は投票者である生徒達でごった返し、裏口では立候補者達とスタッフが忙《せわ》しなく行き交っている。

サキと二人で体育館へやって来たハルトは、キューマとマリエを見つけて声をかけた。

「ショーコは？　一緒じゃないの？」

「後から来るって言ってたぞ」

「どうかした？」

「なんか今日、いつもと違ったから……」

「え……」

何気ないハルトの一言に、顔色を変えるマリエ。

「そうか？」

「特に変わりなく見えたけど？」

「いや、でも……」

キューマや近くにいた霊屋《おたまや》は大して気にした風もない。

だが、マリエは違う。マリエはハルトとショーコの絆《きずな》の深さを知っている。

ハルトが、ショーコの様子がおかしかったと思ったなら、それは勘違いではない。そして、自分がそれに気付けなかった事が、マリエは友人として不甲斐《ふがい》なかった。

「ハルト」

「え？」

マリエの声に顔を下ろすハルト。肩ぐらいまでしかない小さなマリエが、強い瞳《ひとみ》でハルトの事を見上げている。

「ショーコの事……頼める？」

少し悔しい、少し寂《さび》しい、少し情けない……けど、それはきっと、私の仕事じゃない。

そんなマリエの想《おも》いが伝わったのだろう。ハルトは、何も聞き返さずに頷《うなず》いた。

「うん。直接話してみる」

「……任せた」

マリエの顔が微笑みに変わる。ショーコにはそれが一番良いのだと言うように。

「ちょっと探してきます。先輩《せんぱい》、すいませんけど一緒に来てもらえますか？」

「え？　ああ、そうだな」

事情を知る相手と最低二人組で、決して一人では行動しない事。今回は最悪、ショーコを相手に発作が起きてしまうかもしれない。それを警戒しての事だったのだが。

「待って。私が行くわ」

「流木野《るきの》さん……」

「いいのか？」

「ええ。犬塚《いぬづか》先輩は、念のため山田《やまだ》のバカを見張ってて下さい」

サキの言い方に苦笑するキューマ。サキは先輩である犬塚には敬語を使うが、同じく先輩であるはずのサンダーには敬語を使わない。

「遅れんなよ！」

「はい！」

キューマに返事をして、なんで一人で行かないの、と顔をしかめるマリエを置いて、ハルトとサキは駆《か》け出した。

「心当たり、あるの？」

「ないけど……とりあえず、祠《ほこら》に行ってみる」

「なんで？」

「……なんとなく」

その答えに呆《あき》れたように息をつくサキ。もしこれで本当に祠にショーコがいたら、それはもうなんというか……酷《ひど》く馬鹿馬鹿しい。

「あの、流木野《るきの》さん……悪いけど、発作が起きたら、また……」

「分かってるわよ。今度はどこが良い？　踵落《かかとお》としでもお見舞《みま》いしてやろうかしら」

「お……お手柔らかに……」

意地の悪い笑みを浮かべるサキに、苦笑するハルト。そんなサキの態度は、ショーコのために走るハルトに対する複雑な想《おも》いをごまかすためのものなのだが、それに気付く余裕は今のハルトにはなかった。

裏山の階段を上ると、祠が見えてくる。

「あ……」

果たしてそこに、ショーコはいた。

どこか寂《さび》しそうな背中をこちらに向けて、ぽつんと立っている。

「……隠れてるから、さっさと行ってきなさいよ」

「え、でも……」

「二人だけの方がいいでしょ？　何かあったらすぐ行くから」

「……ありがとう、流木野さん」

さっさと行け、と片手を振るサキ。なんだか自分がここにいる事が虚《むな》しく思えてきた。

サキを置いて、ハルトはショーコの背中に近づいていく。ショーコは絵馬掛けの前に立ち、イヤホンを繋《つな》いだスマートフォンで何かの映像に見入っていてハルトに気付いていない。

「ショーコ」

「っ！」

驚いたショーコの手から、スマートフォンが落ちる。その拍子にイヤホンのジャックが外れ、ハルトの耳にも音声が聞こえてくる。

『という事は、指南総理《さしなみそうり》は殺されたという事ですか？』

「えっ……」

その内容に、駆け寄る脚を止めるハルト。

『えー、この無条件降伏のサインを見て下さい。松本《まつもと》総理代行とありますね。逃げ延びた可能性もありますが、おそらく……』

スマートフォンを拾い、そのニュース映像を切るショーコ。

「ショーコ……今の……」

「生きてるよ……絶対、生きてる……」

「そのニュースは、いつの……」

「二日前の、ARUSのニュース……」

ドルシアに占領されて以降のジオール本国は、ドルシア軍事政権の完全なる傀儡《かいらい》となっており、情報統制によってほとんど実態を窺《うかが》い知る事が出来ない。一般人の無事は時折動画などで知らされたが、一部の政治家などの安否《あんぴ》は不明なままだった。

だが、占領から二週間以上が過ぎた今、少しずつ正確な情報が公開され始めていた。今回の降伏文書の写しもその一つだ。ARUSを始めとする国連の要求に、ようやくドルシアが応じた形となる。

それが初めて報道されたのが、二日前。ちょうど七海《ななみ》から、総理《そうり》大臣《だいじん》選挙をしようという提案があった日だった。

総理大臣を殺すはずがない、お父さんはきっと生きてる——ショーコはそう信じて、今まで頑張ってきた。それがいきなり、異国のニュースで殺されている可能性を示唆《しさ》され、かと思えばその直後に総理大臣選挙が始まった。

このタイミングはショーコにとって、お前の父親はもう死んでいるのだ、と言われたようなものだった。

「ねぇ……どうして新しい総理を選ばなくちゃいけないの？　お父さんを過去にしないで……死んだ事にしないで……！」

小さく肩を震《ふる》わせ、悲痛な声を漏《も》らすショーコ。

その声はまるで、すがる小枝も見つけられない小鳥のようにか弱くて。

ハルトは思い出す。選挙に出ないのかと言われた時の、ショーコの弱々しい笑顔を。

ハルトは思い出す。ここ二日、自分がショーコとろくに会話もせず、キューマやサンダー、サキとばかり一緒にいた事を。

そして、ハルトは思う。父親がすでに殺されているかもしれないという不安と、恐怖と、この二日間、たった一人で戦っていたのであろう、ショーコの心細さを。

（僕は、なんて馬鹿だ……！　どうして気付かなかった！　ショーコが、ひとりぼっちでこんなに辛い思いをしてたのに……！）

自分が辛い思いをした時、いつも傍《そば》にいてくれたのは誰《だれ》だった？

昔から、怖がったり落ち込んだり寂《さび》しがったりしている自分に、いつも笑顔を持ってきてくれたのは誰だった？

だから自分も、相手が辛い思いをしている時には、きっと。

そう思っていたのは、誰だった？

そして、今、目の前で泣いている、小さな肩は――？

「うあああああっ！」

自分の不甲斐《ふがい》なさに、そしてショーコに降りかかる運命の理不尽さに、ハルトは怒りの咆哮《ほうこう》を上げ、感情の高ぶるままに絵馬掛けを殴《なぐ》る。

がらがらと落ちる絵馬の中に、ショーコの字で書かれたものがある。

『お父さんが無事でいますように』

その小さな文字を見て、ハルトは決意した。

「……待っててショーコ。僕がお父さんを連れて帰る」

「え……？」

「お父さんはきっと生きてる。ドルシアに捕まってるんだ。だから、行ってくる。大丈夫、僕が抜けても流木野《るきの》さん達がいる。エルエルフも」

言いながら、ハルトは返事を待たず歩き出す。

慌《あわ》ててその手を摑《つか》むショーコ。

「ハルト……！　待って！　無茶だよ、たった一人で！」

「無茶だけど、でも、行くんだ！」

「意味分かんないよ！　無茶だって分かってるなら行かないで！」

「駄目だ、行く！」

「ハルトのじゃなくて、私のお父さんだよ？　ハルトには関係ないよ！」

「あるよ！　だってショーコが泣いてる！」

「……っ」

その一言は、ショーコの胸を優しく締め上げた。

「大切な人が泣いてるんだ！　今無茶しないで、いつするんだ！」

いつか言えなかった言葉の代わりのように、ハルトはまくし立てる。

いつか聞けなかった言葉の代わりのように、ショーコはその言葉を受け止める。

「……大切な……人……」

「あ……いや、その、今のは……」

不意に、自分の言った言葉の意味深さに気付き、途端にハルトは慌《あわ》て始める。

「つまり、それくらいの決意って言うか……長い付き合いだし……その……えっと……」

急にいつも通りの気弱な様子に戻ったハルト。綺麗《きれい》な言葉など出てこない。

なのに、ショーコの胸には、不思議な安心が広がっていく。

ただたどしく自分を励《はげ》まそうとする、気の小さな、誰《だれ》よりも優しい男の子。

その、どこか懐かしい温かさに、ようやくショーコの顔に笑顔が戻った。

かっこよく決めて、抱き締めるくらいしてくれればいいのに。でも、だからこそ、自分の知っているハルトが、知っているままに自分を心配してくれている事が分かって。

ショーコは、決めた。

「ありがとう、ハルト」

「あ……」

「私、選挙に出る」

「え？」

唐突なショーコの心変わりに、ハルトは呆気《あっけ》に取られる。

「私もハルトと一緒に戦いたいの。守ってもらうだけじゃなく、隣《となり》に並べる私でいたいから」

その瞳《ひとみ》にはもう一切の迷いもなく、いつもハルトを眩《まぶ》しくさせた、太陽のような輝《かがや》きが戻ってきていた。

「ショーコ……」

ハルトは思う。

そうじゃない。

そうじゃないよショーコ。

そう思ってたのは、僕なんだ。

いつだって僕は、君の隣に並びたいと思ってた。

「お父さんはきっと生きてる。だから、お父さんに会えるまで……戦いが終わるまで、このモジュール77を守らなきゃ。だから、ハルトも今は無茶しないで。助ける時は、みんなの家族も一緒にだよ！」

陽だまりのようなショーコの笑顔。それはいつでも僕に力をくれた。ショーコがずっと笑顔でいてくれるなら、僕も戦っていける。

「うん！」

ショーコ。たとえ僕がもう、君の隣に並ぶ事が出来なくても。

○

第一体育館入り口、選挙受付窓口。

人気《ひとけ》のなくなったそこに、エルエルフとマリエだけが会話もなく立っている。

きっと来る。そう信じて、マリエはショーコをずっと待っていた。

マリエにとって、ショーコはただの友人ではない。

マリエは、自分の中に確かな物を何も持っていなかった。

自分は自分だと、自信を持ってそう言う事さえ、かつてのマリエには難しかった。

だが、ショーコと出会った。ショーコと友達になった。

ショーコの明るさは、空っぽだった自分の中に、少しずつ色んなものを持ってきてくれた。

友達だとか。感情だとか。思い出だとか。

そんなものが少しずつ増えていって、今、自分は自分だとなんとか言える。

そんなショーコだから、みんなを良い方向へと導《みちび》いていける。

だから、来る。ショーコはきっと来る。

私を、私達を、全部まとめて助けるために。

マリエはそう確信していた。

だが、腕時計を確認したエルエルフが無情に告げる。

「時間だな」

（ショーコ……）

それでも諦《あきら》められないマリエは、外を見つめたまま動こうとしない。

エルエルフが扉に近づき、閉めようとしたその時。

「待って！」

「あ」

聞こえた声に、マリエは外へ飛び出す。

そこへ、息を切らせながら、ショーコが駆《か》けてきた。

「私も出ます、選挙！」

「来ると思ってた」

安心して微笑みながら、マリエは一枚の紙をショーコに手渡す。

「これって……」

ＪＩＯＲ《ジオール》総理大臣《そうりだいじん》選挙立候補届出書。立候補者名は、指南《さしなみ》ショーコ。

「申込書。必要事項は記入しておいた」

「ありがとう、マリエ！」

素直な笑みでそれを受け取るショーコ。その表情には一切の翳《かげ》りもない。

その笑顔を取り戻したのが、自分ではなくハルトだという事が、少し悔しい。

でも──。

（ハルト、ぐっじょぶ）

それでいい。マリエは心の中で、ハルトに対し親指を立てた。

『……以上。これら7つのＲにより、食糧《しょくりょう》事情の改善と、電力の確保、生活の安定を、皆様にお約束します』

会場からの拍手に、サトミは一歩下がって深々と頭を下げる。

具体性と説得力のある演説に、現役生徒会長という肩書き。それらは生徒達に安心と信頼を与え、演説の評判は上々だ。

『次が最後の立候補者だ。二年Ｂ組、指南ショーコ』

エルエルフがその名を読み上げた途端、会場中がざわついた。

最初は多くの生徒に本命と思われていたショーコだが、立候補したという話は聞かず、選挙活動をしている場面も全く見なかったため、結局立候補していないと思われていたのだ。

「不戦勝なんて、嬉《うれ》しくねーからな」

壇上《だんじょう》の立候補者席、偉《えら》そうに足を組んでふんぞり返っているサンダーが、獰猛《どうもう》に笑う。それとは対照的に、苦虫を嚙《か》み潰《つぶ》したような顔のサトミ。

袖《そで》からばたばたと駆《か》け込んでくるショーコ。演壇に着き、しばしぜーはーと肩で息をする。

今度は何を言い出すかと会場中がショーコに注目する中、ショーコは勢いよく顔を上げ、マイクが必要ないほどの大声を張り上げた。

『みんな！　月についたら、文化祭やろう！』

「え、文化祭⁉」

「な……何言ってんだ……」

相も変わらず唐突なショーコの言葉。会場の生徒達だけでなく、候補者達からも戸惑いのざわめきが聞こえてくる。中には否定的な声も少なくない。

だが、ショーコは自信に溢《あふ》れた態度で続ける。

『戦争のせいで、中断しちゃってるでしょ？　私、すっごく楽しみにしてて。だって、去年の文化祭、最高だった！　ね、霊屋《おたまや》君！』

「え、俺⁉」

壇上から突然名指しされ、目を丸くする霊屋。

『特撮映画《とくさつえいが》の着ぐるみ見せてくれたでしょ？　文化祭で上映されるの楽しみにしてたんだ！』

「おう！　自信作だぜ！」

『だと思った！』

霊屋の隣《となり》に座っていたオタク仲間の宮町《みやまち》が返し、ショーコはそれに笑顔を返す。

『高野先輩《たかのせんぱい》！　去年のロミオ、私達メロメロでした！』

「今年は桜の園、キャスティングは全部、男女逆だから！」

『うわぁ～、見たい見たい！』

二階席から、演劇部の高野が身を乗り出して言う。それを皮切りに、負けてなるものかと各部活の代表者から声が上がる。

「ショーコ！　うちの演奏も聴いてね！　ショーコのおかげで楽器直せたの！」

『うん！　必ず行く！』

「うちの屋台にも食べに来いよ！」

『期待してる、町田スペシャル！』

「うちらの展示もすごいよ！」

「私、喫茶店やりたい！」

「去年のリベンジするから！」

「0G《ゼロ》バレエ、すごかったの！」

やがて、一つ一つに返事できないほど会場が盛り上がったのを見て、ショーコは安心する。

辛い事、悲しい事、怖い事……たくさんあったけど、みんなの心はまだ、死んでいない。

「指南《さしなみ》！　我々は戦争してるんだぞ！　文化祭なんてやってる余裕はない！」

思わず立ち上がってサトミが叫ぶ。指南ショーコはいつもこうだ。現実を見ない綺麗事《きれいごと》ばかりを並べ立てる。それは耳触りは良いかもしれないが、長い目で見れば決して良い結果になるはずがない。サトミは自分の方が正しいと信じている。

だが。

『だから、やるんです』

ショーコにはショーコの、信じるものがある。

『ねぇみんな、私達は軍人じゃない。学生だよ。私達がやるべき事は、学生としてやりたい事を我慢して、戦争を上手く戦い抜く事？　違うよね！　戦争を終わらせて、学生として当たり前に、文化祭をやる事でしょ！』

そう言われて生徒達は気付く。他の候補者達の演説内容は、現状の維持《いじ》を前提として、いかに環境を改善するか、その事に終始していた。

『ドルシアのやり方なんて、ＡＲＵＳも、他の国も認めるはずがない。だから月だって私達を受け入れてくれた。月について、他の国ときちんと交渉すれば、きっと地球のジオール本国だって取り戻せるよ！　私はそのために頑張《がんば》る。だからみんなも、戦争を戦い抜くためじゃなくて、戦争を終わらせて普通の学生に戻るために頑張ってほしいんだ！』

他の立候補者に対し、ショーコの演説は、この現状を打破しようと言っているのだ。

『部活も、修学旅行も、体育祭も……やりたい事いっぱいある！　一つも諦《あきら》めたくないよ！』

ショーコの言葉は、想《おも》いは、だんだんと学生達に伝播《でんぱ》してゆく。ショーコの声には、そんな不思議な力があった。

『ねぇみんな、もっと欲張りになろう！　それはきっと、頑張る理由になる、パワーになる！　私もあるんだ、頑張る理由！　月についたら、その……私としては……なんて言うか……』

急に何やらはにかんで、もじもじと歯切れが悪くなるショーコ。それを見てぴんときたマリエが、嬉《うれ》しそうに表情を弾《はず》ませる。

思い切って、ショーコは言った。言ってしまった。

『私……告白する！　好きな人に！』

途端に、会場がどっと沸《わ》き上がった。

結局のところ皆、学生なのだ。誰《だれ》が誰を好きだとか、告白するだとか、そういった話が何よりも好きな年頃である。

ショーコの宣言にあてられて、学生達が各々《おのおの》の頑張る理由、欲張りたい事を口々に言い始める。会場のみならず壇上《だんじょう》の候補者の中からも、しまいにはサトミの陣営のイオリすら「私も告白する！」などと言い始め、まさかその相手が自分だとは思わないサトミが裏切られたような顔をする。

それら生徒達の声を集めるかのように、演壇《えんだん》で右腕を高く掲《かか》げ、ショーコはさらに言う。

『みんな！　やりたい事、全部叶《かな》えよう！　欲張りキングになろう！　人生一回だけだもん、やりたい事、叶えたい夢、全部チャレンジしよう！』

生徒達を温かい目で見守る七海《ななみ》。対照的に、悔しそうに歯噛《はが》みするサトミ。サンダーは他の生徒達と一緒になって盛り上がっている。

『月についたら、みんなでなんでもやろう！　今のままじゃない、新しい事を見つけよう！

きっと大丈夫、出来るよ！　私達なら！』

そして会場は、万雷《ばんらい》の拍手に包まれる。投票、開票を待たずして、結果は決まったようなものだった。

その様子を、舞台の端からエルエルフが冷たい目で眺めている。

（指南《さしなみ》ショーコ……この扇動力《せんどうりょく》は……）

その視線は、まるで危険なものでも見ているかのように鋭《するど》い。

一方、ショーコはそんな視線には気付かず、ハルトを探して会場を見回している。

ハルトの姿は見当たらない。大勢の生徒達が立ち上がって拍手をしているせいで見つけられないのかもしれないし、遅れて来たから後ろの方にいて見えないのかもしれない。

（ねぇハルト……私、ちゃんと出来たかな）

ショーコの一番やりたい事。

普通の学生に戻って、あの日の祠《ほこら》の続きを、もう一度ちゃんとする事。

その時が来る事を願って、ショーコはそっと目を閉じた。

○

ショーコが立候補を決意し、祠から走り去った後。

ハルトは、自分が落としてしまった絵馬を一つずつ拾い、きちんと掛けなおしている。

「ハルト」

その背に近づき、名前を呼ぶサキ。

ハルトは振り向かず、絵馬を掛けながら静かに答える。

「これ、片付けたら行くから」

「うまくいかないよ。カミツキと人間じゃ」

単刀直入なサキの言葉に、ハルトは苦笑する。

「……うん。そうだね」

その返事で、サキも気付いた。

ハルトがもう、ショーコと結ばれるのを諦《あきら》めているという事を。

ハルトは、ショーコの隣《となり》ではなく、どこか遠くから見守る事を選んだのだと。

「馬鹿じゃないの。見返りのない好きなんて、絶対長続きしない」

「……それでも、僕は……」

ゆっくり振り向きながら、何かを言おうとして。

「うぐっ！」

再び、発作の衝動《しょうどう》が突き上げた。

「ハルト？　大丈夫？」

胸を押さえて震《ふる》えるハルト。発作の間隔《かんかく》が短くなっているというのは本当らしい。

「ねぇ、大丈夫？　苦しいの……？」

気遣《きづか》わしげにハルトの顔を覗《のぞ》き込むサキ。聞いた話だと、ハルトはここ数日で三回発作を起こし、全て嚙《か》みつく前に殴《なぐ》られて抑止されている。その度に発作の間隔が短くなるのだとしたら、これ以上我慢させるのはまずいような気がした。

サキは制服のリボンをほどき、シャツの襟元《えりもと》をめくって、自分の首筋を露《あら》わにする。

「ほら、私をジャックしなさい。平気だから」

ジャックするために嚙みつくのは何も首筋でなくとも構わないのだが、サキの中にはカミツキ＝ヴァンパイアのイメージが色濃くあるのだ。

文字通り目の色が変わったハルトが、その白い肌に目を向ける。

そして――

「うぅ……うぁぁ……がぁあっ！」

「っ!?　きゃあっ！」

飛びかかられたサキは、そのまま地面に押し倒された。

「ううぅっ……ぐぅぅーっ……」

「ちょっ……と、何考えて……！」

獣《けもの》のように唸《うな》るハルトに組み敷かれ、サキはじたばたと身を捩《よじ》る。

ほんの少し、噛《か》ませるだけのつもりだった。それでいいはずだった。

（なのに……何してるの!?）

完全に正気を失ったハルトは、サキの胸元に顔を埋めてもがいている。

やがて服が邪魔だと気付いたのか、サキの上着のボタンを引き千切り、両手でシャツと下着を引き裂いた。

「――っ」

サキの体を押さえ込む力は尋常《じんじょう》ではなく、いつもの発作に輪をかけて異常なその様子に、力ずくでは《の》ね除ける事も出来ずサキは怯《おび》える。

（これは……）

サキは気付いてしまった。

今ハルトは、自分に噛みつこうとしているのではない。

もっと直接的に、自分と交わろうとしているのだと。

同時刻、ヴァルヴレイヴ一号機のコクピット内。

コンソールモニタに現れた、ガイドプログラムのような得体の知れない何かが、心の底から嬉《うれ》しそうに画面の中ではしゃいでいる。


——H！　HHHHHHHHHHH——


一心不乱にサキを求めるハルト。何とかそれを押し退《の》けようともがくサキ。しかし発作のせいか力の差は歴然で、どう足掻《あが》いても抜け出せそうにない。

（イヤだ……いくらハルトが相手でも、初めてがこんな……！）

恐怖に閉じたサキの目の端に涙が滲《にじ》む。

その時——

「う……あ……が……」

「……え？」

不意に、ハルトの腕から力が抜けた。

目を開けて見ると、ハルトは覆《おお》い被《かぶ》さっていた上半身を起こし、がくがくと震《ふる》えていた。

「あ……うぁぁ……がぁぁ……！」

ハルトは、自分の両腕に爪を立てて震《ふる》えている。それはまるで、自分の内なる獣《けもの》を押さえつけているかのように。

「ハル、ト……」

「ううぅぅ……ぐぅぅぁぁあーっ！」

千切れるほどに首を振るハルト。限界まで見開いたハルトの目から、赤い涙が零《こぼ》れ落ちる。

それはまるで、運命に抗《あらが》おうとしているかのようで。

（そうか……これって、呪《のろ》いなんだ……）

それが、人間をやめた事の代償《だいしょう》だと。

ハルトへの、そして自分への、抗えない呪いなのだと。

サキは、気付いてしまった。

そしてハルトが、その無意識の底の理性が、自分の中の獣を拒絶《きょぜつ》し、サキを守るために必死で戦っているのだという事にも。

（その時は、私が殺してあげる）

約束を思い出し、ハルトの首に手を伸ばすサキ。

ハルトはまだ、歯を食いしばって震えている。今なら、このまま首を絞《し》めれば殺せるかもしれない。また生き返るかもしれないが、この場は助かるかもしれない。

しかし、どうせ今度はさらに短い間隔《かんかく》で再発するだろう。

それに今、ハルトは、苦しんでいる。

サキを傷つけないために、目から血を流しながら、苦しんでいる。

その事実だけで、サキはもう、十分だった。

首筋に伸ばした手を、そのままさらに伸ばし、ハルトの頭を抱きしめる。

ハルトの体の震えが止まる。

「苦しいんでしょ……？　いいよ、ハルトなら……」

「あ……あああ……があああああああ！」

そして呪いは、想《おも》いを貫いた。

◯

目を開く。

目の前には地面と草。辺りの暗さに、ぼんやりと思う。ああ、夜か。

眼球を動かす。うっすらと、祠《ほこら》の輪郭《りんかく》が見える。

伝説の祠だ。ショーコに告白しようとして、結局出来なかった場所。

自分が何故《なぜ》ここにいるのか、何をしていたのか、何故倒れているのか、分からない。

さらに視線を動かすと、夜の闇《やみ》の中に浮かび上がる、白。

なんだろう。そう思って顔を上げる。

「……！」

それは、露《あら》わになったサキの、肌の色。

素肌《すはだ》に制服の上着を羽織《はお》っただけで、地面に直接座っているサキは、透明な表情でスマートフォンのフォロモニタを眺めている。

モニタに表示されているのは、ジオール総理大臣選挙、開票結果。

ハルトが目を覚ました事に気付き、サキが目線を合わせる。

「……ショーコさん……勝ったって」

その瞳《ひとみ》は、どこまでも澄んでいた。

第八章

▶アキラ

咲森学園の高校2年生。いわゆる「引きこもり」で、学園内に設置したダンボールハウスで生活をしている。やや対人恐怖症。

第八章

カイン艦《かん》、ランメルスベルグの後部デッキにあるイデアールのマウントベースで、アードライ達パーフェクツォン・アミーのイデアール三機が換装《かんそう》作業を受けている。

ハーノイン機は、女王アリの腹部のような大型ブースターユニットを取り外し、そこへ同じ位に大型のドリルを。イクスアイン機とクーフィア機は、ブースターユニットの先端に球状の追加兵装を。どちらも、次の作戦の要《かなめ》となる装備だ。

ブリッジでは、アードライ、イクスアイン、クーフィアの三人が並び、カインからその作戦の概要を聞き終えたところだった。

「中立地帯の月に逃げ込まれたら、手が出せなくなる。次が最後の戦いになるな」

「逃がしはしません」

「カルルスタイン機関の名誉にかけて」

アードライとイクスアインが意気込みも顕《あら》わに言う。クーフィアもいつになく真面目な顔をしているが、彼の場合は特に何も考えていないだけかもしれない。

月は、現代に生きる地球人類にとって一つの聖域となっている。真暦《しんれき》の象徴と言ってもいい
その地で戦闘《せんとう》行為を起こしたとなれば、ドルシアは世界中を敵に回す事になる。

国際世論を受け、月ではモジュール77を受け入れる準備が整っている。ドルシア軍にとって
は、これが本当に最後のチャンスだった。

「今回は私も出る。ヴァルヴレイヴを取り逃がせば、私の首が危うい」

「まさか！」

「あり得ません。総統《そうとう》の側近《そっきん》であらせられる大佐が」

「二〇年前はそうではなかったよ。あの方も総統ではなかった」

現ドルシア総統、アマデウス・K・ドルシア。

クーデター『紅《あか》い木曜日』の首謀者《しゅぼうしゃ》であり、ドルシアの旧体制を崩壊《ほうかい》させた男。カインは、
その古い戦友という事らしい。

つまり、総統の側近という事が絶対的な後ろ盾《うしろだて》にはならない、と言いたいのだろうか。

「国王派の巻き返しを、案じていらっしゃるのですか」

「それもあるが……」

含みを持たせた言い方に、しかしカインは続ける事なく話を変える。

「ハーノインはどうした？」

「サボりでーす」

楽しそうに告げ口するクーフィア。イクスアインが忌々《いまいま》しげに顔を歪《ゆが》める。

(カイン様の呼び出しをサボってまで、あいつは一体どこで何をしているんだ……?)


同時刻、艦内《かんない》、司令室。

静かに扉が開き、照明の消えた室内へ、人影が忍び込む。

人影は、何かを探しているように目線を動かし——

「姐《ねえ》さん」

「っ!」

突如《とつじょ》聞こえた声に、人影——クリムヒルトは咄嗟《とっさ》に銃《じゅう》を抜き、声のした方へ向ける。

両手を挙げながら、机の影から姿を現したのは。

「姐さん、気が合うねぇ俺達」

何故か酷《ひど》く楽しそうに声を弾《はず》ませた、ハーノインだった。

「こんなところで会えるなんて、運命感じない?」

「……何をしている」

何をしている、はクリムヒルトとて同じ事だ。場合によっては、これは逆にクリムヒルトがハーノインに銃を突きつけられても文句は言えない状況だ。

「あはっ。話すと長いんだけど……」

だが、ハーノインは芝居《しばい》がかった仕草《しぐさ》で。

「とりあえず、お茶でもいかが？」

言って、目を細めて笑った。

○

モジュール77の周りを、黄色の光が飛び回っている。

それは、ヴァルヴレイヴ三号機から放出される硬質残光《こうしつざんこう》だ。

コクピット内で、サンダーが熱量計の数字を見て進路を変える。

『90になった。ノブ・ライトニング、戻るぞ！』

「ノブ……なんだ？」

ピットで三号機の状態をモニターしている貴生川《きぶかわ》が首を傾《かし》げる。

『コイツの名前だよ。三号機なんてつまんねーだろ？』

『分かる！　分かるなぁ～』

整備班のオタク達はサンダーの言い分に同意らしく、しきりに頷《うなず》いている。サキは決して認めないだろうが、自分のロボットに名前をつけたがるという点では皆、同レベルである。

三号機は着艦口からピットに戻り、減速路でケージに固定される。そして今まではただ通過するだけだった気密室《きみっしつ》で一旦《いったん》停止。その壁にある冷却板《れいきゃくばん》から、勢いよく冷気が噴き出した。

『おお、おお～』

熱量計の数字が下がっていくのを見て、サンダーが感心する。貴生川《きぶかわ》と整備班が協力し、冷却室の機能を稼働《かどう》させたのだ。

「これで長時間の戦闘《せんとう》もOKだな……霊屋《おたまや》、一号機の、」

『霊屋ならいませんよ』

整備班のアイドルオタク、上杉《かみすぎ》セイヤが答える。一体どこに？　と聞き返す貴生川に、上杉はどこか誇らしげな声で。

『記念撮影《さつえい》に行ってます。新内閣《しんないかく》の』

○

咲森学園《さきもりがくえん》、講堂。

先日組閣《そかく》された、新生ジオール内閣の面々が、見慣れぬ正装で並んでいる。

「大臣だよ、大臣。いやぁ、俺が大臣なんてなぁ」

文部科学《もんぶかがく》大臣、文化部男子リーダー、霊屋ユウスケ。

「ネクタイ、曲がってるぞ」

　国土交通大臣、運動部男子リーダー、番匠《ばんしょう》ジュート。

「悪ぃな、国土交通大臣殿」

　財務大臣、ヴァルヴレイヴ五号機パイロット、犬塚《いぬづか》キューマ。

「す、少し大胆過ぎないか……？」

　官房長官、生徒会長、連坊小路《れんぼうこうじ》サトミ。

「諸外国とお付き合いをするのに、相応《ふさわ》しい格好をしないと」

　外務大臣、運動部女子リーダー、二宮《にのみや》タカヒ。

「みんな揃《そろ》ったー？」

　厚生大臣、保健体育教育実習生、七海《ななみ》リオン。

「いえ、まだ時縞《ときしま》君と流木野《るきの》さんと……」

　法務大臣、生徒会副会長、北川《きたがわ》イオリ。

「それから……」

「おまたせー！」

　そこへ駆《か》け込んでくる、珍妙な出《い》で立《た》ちの女生徒。

　内閣総理大臣、指南《さしなみ》ショーコ。

　チェーンのファーストフード店の制服のような衣装にシルクハット。シャツの胸には少女マンガのようにキラキラした目のイラストがあり、その下に平仮名で『だまやき』とある。

「どう？　目のところがマンガなの。お洒落《しやれ》でしょ！」

目だまやき。

その秀逸《しゆういつ》なセンスに、総務大臣にしてショーコの親友である野火《のび》マリエの頬《ほお》が引きつる。

「よかったら、みんなもお揃《そろ》いで」

『却下』

「ええ〜!?」

新生ジオール指南内閣《さしなみないかく》、その記念すべき最初の議案は、全会一致で否決された。

「ともあれ、これで後は……ショーコ、ちょっとハルトに連絡取ってみろよ」

「まだ来てないんですか？」

「ああ」

ハルトは国防大臣、サキは広報大臣だ。キューマに言われるがままに、携帯を取り出しハルトにコールする。しかし、呼び出し音だけがいつまでも鳴り続ける。

「あれー……？　出ないなぁ……」

「流木野《るきの》さんも来ないし」

「まさか!?　一緒とか!?」

七海《ななみ》の言葉に過敏に反応する霊屋《おたまや》。前にワイヤードでハルトとサキの二人の写真を見て以来、二人の仲を勘《かん》ぐる者はいまだに多い。

それに答えるより早く、ショーコの携帯が鳴った。

「ハルトか？」

「ううん、別のアドレスから」

届いたワイヤードのメッセージを開く。

【総理大臣、おめでとう。】

アカウントは『RAINBOW』、アキラからの祝福のメッセージだった。


ダンボールハウス。

毛布に包《くる》まって眠っていたアキラが、ゆっくりと目を開ける。

しばしぼんやりとしてから身を起こし、つけっぱなしのパソコンのモニタを眺め、半ば無意識の内にワイヤードのチェック。もはや体に染み付いた習慣だ。

だんだんとはっきりしてくる意識の中、一つの事を思い出す。

（そう言えば……そろそろ、記念撮影《さつえい》、終わる頃かな……）

誰《だれ》が大臣になろうが興味はないが、ショーコには一言、おめでとうくらいは言ってもいいような気がして、アキラはワイヤードでメッセージを送る。

【総理大臣、おめでとう。】

すると、間髪《かんはつ》いれずにショーコから音声通話のリクエストが届いた。

『アキラちゃん、メールありがとう！』

ショーコが喜んでいる事が嬉《うれ》しいのか、それともありがとうと言われた事が嬉しいのか。弾んだショーコの声に、アキラの口元が思わず綻《ほころ》ぶ。

【どういたs】

いつものようにテキストで返事をしようとして、ふと、アキラの手が止まる。

テキストでメッセージを送った相手が、音声で返事をしてきた。

こんな時は、自分も声で返事をした方がいいのだろうか。

人と話すのは、苦手だ。けれど、ショーコとはもう何回も話している。

大丈夫。お兄ちゃんとは話せるんだから。きっとショーコも大丈夫。

意を決して、アキラは音声通話モードをオンにした。

その瞬間《しゅんかん》、謎の緊張感がアキラを襲《おそ》う。動画通話にはしていないため、相手の顔も見えないしこっちの顔も見えないのだから、面と向かって話すよりも楽だろう、くらいに思っていたのだが、それはそれでまた違った勇気がいった。

「……どう……いたしまして」

やっと、小さな声でそれだけ言えた。

『……！　うん、聞こえたよ！』

嬉しそうなショーコの声。

頑張《がんば》って喋《しゃべ》ったから、喜んでくれたのかな。

だったら、嬉しいな。

ほのかに頬《ほお》を赤らめて、一人はにかむアキラ。

『誰《だれ》？』

その時、通話の向こうでショーコではない誰かの声が聞こえた。

瞬間、高揚《こうよう》していたアキラの心が一気に温度を失っていく。

そうだよね。私と違って、あの子が一人でいるわけないよね。

電話の向こうでは、どんどん人の声が増えていく。

『友達。連坊小路《れんぼうこうじ》アキラちゃん』

『連坊小路？』

『おい、なんで妹が君に電話を！　外の用事なら私がやるから、ひっこんでいたま、えっ⁉』

『へぇ～、妹さんがいたの』

『タカヒ、これは私のプライベートな事情で、』

『写真とかないの？』

『君達、返したまえ！』

『いや、ショーコのだから』

『こんにちはー！　保健体育の七海《ななみ》リオンでーす』

『は、は、初めまして！　お、お、お兄さんとは同じ生徒会の、』

めまぐるしく切り替わりながら流れ込んでくる、誰《だれ》かの声。

自分の言葉なんて聞こうともしない、『みんな』の声。

『ごめん、びっくりしたね！　今、記念撮影《さつえい》してたから』

その声が、携帯を取り返したショーコの声になって、少し安心すると同時に、酷《ひど》く虚《むな》しい気持ちになるアキラ。

いくらショーコが自分にとって特別でも、ショーコにとって自分は、たくさんの中の一人でしかないいんだろうな、なんて事を考えてしまって。

『そうだ、アキラちゃんも来ない？』

そしてその言葉が、アキラの心に亀裂を入れる。

『外の世界も楽しいよ。友達も増えるし。一緒にケーキ食べたり、海で泳いだり！』

『やめろ、指南《さしなみ》！』

サトミの制止は間に合わない。ショーコの声が、ひた隠しにしている最も弱い部分へと突き刺さり、アキラの胸に黒い霧《きり》が溢《あふ》れ出す。

そりゃあ、あなたは楽しいんだろう。あなたのような人は、外で、大勢の友達と一緒に、そういうのが楽しくて仕方ないいんだろう。

でも、私は。

『アキラちゃんのためよ』

お母さん、うるさい。

『もっと、外の世界を見なくては』

お父さん、うるさい。

『アキラちゃん、私達と、お友達になって下さい！』

能面のように張りついた笑顔。一言一句正確に台本をなぞる友好の言葉。

大人の安心が私の幸せだと、信じて疑わない大人達。

「はっ、はっ、はっ、ひぅっ、あうぅっ……」

みんな、うるさい。みんな、みんな、お前らみんな、うるさい！

「やあああああああああっ！」

何で分かってくれない？　何でみんなと一緒じゃないといけない？　邪魔するな。私の世界を邪魔するな。私もお前達の邪魔をしない。だから私を邪魔するな！　私に、お前達の世界を押しつけるな！

「いや、いやああああっ！」

話したりするんじゃなかった。メールなんて送るんじゃなかった。それが嫌で閉《と》じ篭《こも》ったのに。パソコンが、キーボードが、こんなものがあるから、繋《つな》がってもいいような気になってしまった。いらない。壊れろ。壊れてしまえ。

「あぅ、いやぁっ、やあああああっ！」

私は、お前達を安心させるために生きてるんじゃない！

狂態《きょうたい》を伝えて余りある叫《さけ》び声と物音の後、通話はぶつりと途切れた。

「ちょっ……アキラちゃん？　アキラちゃん⁉」

漏《も》れ聞こえてきたただならぬ様子に、誰《だれ》もが眉を顰《ひそ》めてショーコを見やっている。

その視線の中に、厳しくショーコを責めるものが一つ。

「あの……」

アキラの兄、サトミに鋭《するど》く睨《ね》めつけられ、ショーコは何も言えず、だがいてもたってもいられず走り出そうとし、サトミに呼び止められる。

「私が行く」

「でも」

「アキラは私の妹だ！」

その声に、瞳《ひとみ》に込められた、兄としての想《おも》い。プライド。

アキラが何をそんなに怖がっているのか、ショーコには分からない。サトミにはそれが分かるのだろうか。出しゃばらない方がいいのだろうか。任せた方がいいのだろうか——友達として、ショーコは選ぶべき選択肢《せんたくし》に迷う。

だが、その答えを出す時間は与えられなかった。

校内に、警報が響《ひび》き渡る。

『敵影《てきえい》を確認。各員、第一戦闘配備《せんとうはいび》をお願いします！』

小さく舌打ちをして、サトミが真っ先に走り出す。彼は妹よりも、まずはモジュール77を守る事を迷いなく選択した。

次々と後に続く生徒達。ショーコは一瞬《いっしゅん》迷い、しかし結局、やはりその後を追った。

○

記念撮影《さつえい》の予定をすっぽかして、ハルトは無人となった街を歩いていた。

商店街にある物資は、すでにそのほとんどを学園の方へと移動させている。今わざわざ街まで来る生徒はおらず、その点では安心して出歩ける貴重な場所である。

沈んだ表情で歩道橋を降りていくハルト。だが、今日これからやるつもりの事を思い出し、自分を奮《ふる》い立たせるように顔を上げる。

その両目に、向かいのビルに大きく掲《かか》げられた、半裸《はんら》の女性の広告が目に飛び込んできた。

「っ！」

瞬間、脳裏に蘇《よみがえ》るサキの白い肌。

「……っ」

打ち消すように強く目を閉じ、一歩を踏《ふ》み出し——盛大に足を踏み外す。

「わっ！　あっ、うわあああああっ！」

がたんどすんと、歩道橋を転げ落ちていくハルト。

そして地面に突っ伏したその目の前に、赤いブーツが近づいてきた。

「遅い」

「えっ？」

顔を上げる。

「そっちから呼び出したくせに」

腕を組み、不満げな表情でハルトを見下ろしているのは、サキだった。

「……待ち合わせ、一〇時、だよね？」

立ち上がりながら街頭の時計を確認する。現在時刻、九時四五分。待たせないようにと早めに来たつもりだったのだが。

「私を待たせたのは同じでしょ」

「……すみません」

「まぁ、いいけど」

そっぽを向くサキ。ハルトからの誘いに気が落ち着かず、つい早く来すぎてしまった……などという事は、口が裂けても言えない。

「……流木野《るきの》さん、今日呼び出したのは……流木野さん？」

ハルトが用件を切り出そうとすると、サキはそれを無視して歩き出してしまった。

「立ち話するつもり？」

慌《あわ》てて後を追うハルト。心情的に、今のハルトはサキの言う事に逆らい辛い。

「どこに行くの？」

「……行きたいお店があるの。話はそこで」

嘘《うそ》だった。行きたい店などない。

ただ――ハルトが何を言おうとしているのかを知るのが、サキは怖かった。それで時間稼《かせ》ぎをしようとしているだけだ。

無人の街を、無言のままで二人歩く。ところどころにドルシア軍による攻撃の痕跡《こんせき》が残っており、少しだけ辛くなる。

「……あの、流木野さん」

「ダメ。お店についてからって話でしょ」

「いや、お店ってどこかなって……」

咄嗟《とっさ》についた嘘なので、もちろん目的地などない。慌ててこっそり周囲に目を配るサキ。

「もうすぐよ……あ、ほらアレ！　あの青い看板！」

ふと、喫茶店のような看板が目について、ここでいいや、と指差すサキ。しかし。

「あれって……お酒飲む店じゃ……」

「……いいじゃない！　今は私達が大臣よ！　法律なんて変えればいいのよ」

間違えた、と言う訳にもいかず、サキはやけくそ気味に大股《おおまた》で店内へと入っていく。

戸惑った顔で、ハルトもその後に続いた。


「このスイッチを、左に……」

高校生には似合わない、大人びた雰囲気のバーのカウンター内で、ハルトは説明書を片手に業務用のドリンクディスペンサーをいじっている。

「ああ、違うな……いや、でもこれしかないし……」

（……はぁ）

そんなハルトの背中を見つめながら、サキは聞こえないようにため息をつく。

お店に入ってしまった。飲み物を飲む時間くらいは作れるだろうが、いつまでもハルトの話を引き伸ばす事も出来ないだろう。

一体、ハルトは何を言うつもりなんだろう。なんにしても、自分にとって愉快《ゆかい》な話ではないような予感しかしなかった。

「あっ、これだ！　……うわっ!?　あっつ！　あつー！」

ハルトが何かのボタンを押すと、スチームが噴き出して手や顔にかかる。飛び跳ねるハルトを見て、少しだけ口元を綻《ほころ》ばせるサキ。

その時、ハルトが脱いだ上着のポケットからはみ出たスマートフォンが、震《ふる》えて着信を告げていた。表示されている発信者は指南《さしなみ》ショーコ。そう言えば、自分達がすっぽかした記念撮影《さつえい》が始まる時間か、とぼんやり考える。

サキはスマートフォンをそっとポケットの中に押し込み、着信に気付かれないようにする。

ハルトの気持ちは分かっている。ハルトが好きなのがショーコである事も、分かっている。

祠《ほこら》の前での出来事があってから二日。結局、昨日一日ハルトを避《さ》け続けて口を利《き》かなかったら、夜に電話で呼び出された。明日、つまり今日の一〇時、街で二人で会いたい、と。

ハルトが何のつもりで自分を誘ったのか、サキはなんとなく想像していた。

どうせ、謝るつもりなのだろう。発作のせいでとんでもない事をしてしまった、許してもらえないだろうけど、どんな事をしても償《つぐな》うつもりだ——そんなところだろうか。

だが。

（……謝らせてなんて、やらないんだから）

謝られてしまったら。ハルトがあの事を、発作のせいだと認めてしまったら——自分は一体誰《だれ》に、何に抱かれたのか、分からなくなってしまう。

それは嫌だった。

たとえ呪《のろ》いでも。正気を失っていたのだとしても。

自分は、間違いなくハルトに抱かれたのだと、思いたかった。

自分が、ハルトに初めてを捧《ささ》げた事を、過《あやま》ちにはしたくなかった。


誰《だれ》もいない映画館に二人並んで座り、ハルトとサキは映画を見ている。

スクリーンに映るのは、中学生時代のサキ。ライブラリーから探し出した、アイドルとして最も売れていた頃に主演した映画だ。

バーで一杯ずつソフトドリンクを飲んだ後、サキは再びハルトの話を遮《さえぎ》り、強引にこの映画館へとつれて来た。

どうすれば、自分の気持ちを伝えられるだろう。素直に伝えるなんて事は、自分にはとても出来そうにない。だから、少し情けないけど、最も輝《かがや》いていた時の自分に、少しだけ力を分けてもらいたくて。

勇気を振り絞《しぼ》って、サキは口を開く。

「私、ずっと一人だった」

「え?」

「家族も友達も、誰も私を選ばなかったから」

「……選ばれてるじゃないか。人気アイドルで、映画の主役もやって」

「選ばれたかった。たった一人でいいから。ひとりぼっちからふたりぼっちになれれば、それでよかったのに」

「流木野《るきの》さん……それって……」

聞き覚えのある言葉に、ハルトが顔を向ける。

ゆっくりと向き直ったサキと目が合い、二人は見つめ合う。

ハルトが、意を決したように口を開こうとして。

『……私、ずっと一人だった』

「え？」

『家族も友達も、誰も私を選ばなかったから』

スクリーンの中のサキが、たった今サキが言った事と全く同じセリフを喋《しゃべ》った。

「……あははっ。すごいでしょ？　二年前の映画だけど、ちゃんとセリフ覚えてる。女優としても結構才能あったんだから」

笑いながら、立ち上がって逃げ出そうとするサキ。

こんな風にしか、自分の気持ちを伝えられない事が、少し情けないとサキは自分で思う。

最初にハルトに嚙《か》みついた時もそうだ。あの時もこうやって、冗談の逃げ道を用意して。

「違う！」

だけど、ハルトは。

「流木野《るきの》さんは、もう一人じゃないよ」
あの時は、私の嘘《うそ》を信じたくせに。
今は、信じてくれないいんだ。
信じないで、いてくれるんだ。
なのに、振り返ったサキは、どこか怯《おび》えたような目をハルトに向ける。
スクリーンには、桜が舞《ま》い散る別れのシーン。
今度こそ、とハルトがサキの方へ一歩を踏《ふ》み出し、そして——
『敵影《てきえい》を確認。各員、第一戦闘配備《せんとうはいび》をお願いします！』
警報が、二人の時間を強制的に終わらせた。
「……時間切れね」
残念がっているように、しかしどこか安心してもいるように、サキが微笑む。
結局、ハルトが何を言おうとしていたのか、ここでは分からなかった。

○

ドルシア軍月軌道方面艦隊《つききどうほうめんかんたい》、旗艦《きかん》『フェルクリンゲン』。

「らしくない失態だな、カイン大佐」

禿頭《とくとう》の強面《こわもて》であるフェルクリンゲン艦長、デリウス少将《しょうしょう》が、スクリーンに映るカインへ頬杖《ほおづえ》をつきながら苦言を呈《てい》している。

『申し訳ありません』

「君の報告によればあのヴァルヴレイヴ、稼働《かどう》時間に限界があるようだ」

『はい。物量で押せば、』

「その通りだ。長期戦に持ち込み消耗《しょうもう》させるだけでいい」

つい先日までドルシアの第三スフィアに派遣されていたデリウスは、ジオールとのこれまでの戦闘経緯《せんとうけいい》をカインからの報告でしか知らない。その報告に記されている事実を見る限り、カインがこれほどまでに苦戦している事が理解できなかった。

デリウスは月とモジュール77の間に大艦隊を敷《し》き、物量で圧倒する作戦を採《と》った。レーダーが捉《とら》えた、ぽつりと宇宙に浮かぶモジュール77。まともな戦力はヴァルヴレイヴなる人型兵器が僅《わず》かに四機。それぞれに個別な警戒すべき性能を持つらしいが、それならそのつもりで防御を固めるだけだ。長期戦に持ち込めば負ける訳がない。デリウスはそう判断した。

その時、レーダーを見ていたオペレーターから報告が入った。

「モジュール77、針路741に変更！」

「何？」

モニタに位置データが表示される。モジュール77は月方向を外れ、付近の岩礁宙域《がんしょうちゅういき》へと舵《かじ》を取ったようだ。それを見た副官が首を傾《かし》げる。

「逃げる？」

「現実的な選択だな。しかし」

「はい。逃がしはしません」

本来、艦隊《かんたい》から逃げるために岩礁《がんしよう》宙域《ちゆういき》へ入るのは悪い選択ではない。だが、戦艦よりも遥《はる》かに大きなモジュール77が通れるという事は、面制圧《めんせいあつ》は困難になるが追撃《ついげき》は可能だという事だ。

「各艦最大戦速！　追撃戦に移行する！」

副官の下令《かれい》により、艦隊はモジュール77を追って個々にその速度を上げ始めた。

「索敵班《さくてきはん》は電探室に回って下さい。防空機《き》銃《じゆう》座《ざ》の設定、今回だけデブリ破砕モードにします」

焦《あせ》りを感じさせながらも、イオリがエルエルフの指示を正確に伝達する。

圧倒的な物量の前に、しかし冷静に下されるエルエルフの指示に従い、学生達はモジュール77の針路を変更した。噴出されるそれぞれの色の硬質残光《こうしつざんこう》で宇宙に虹《にじ》のような軌跡《きせき》を描きながら、四機のヴァルヴレイヴがモジュールを押す。

「ドルシア軍、追ってきます！」

「針路741を維持《いじ》。バリアシステムを月面側に集中」

バッフェ隊、及びイデアール隊が先陣を切って接近してくる。イデアールの中には、アードライ達パーフェクツォン・アミー専用の個別マーキング機は見当たらない。

モジュールを慣性で押し出し、ハルト達ヴァルヴレイヴ隊がその身を翻《ひるがえ》す。

『来る！』

『フォーメーションを組むぞ。山田《やまだ》、俺に合わせろ！』

『サンダーだ！』

ハルト達四人は、それぞれの機体性能を活かしたフォーメーションでの戦い方を少しずつ覚えていた。

まずはキューマの五号機が前面に出て、エネルギー皮膜《ひまく》を纏《まと》った盾《たて》、ＩＭＰシェルで敵の攻撃を防ぐ。その絶大な防御力は、イデアールの極大ビームすら弾《はじ》き散らす。

その後ろからサンダーの三号機、ノヴ・ライトニングが、長距離砲アームストロンガー・カノンを敵の先陣に打ち込み陣形を崩すと、集中砲火に乱れが生じる。

ばらばらになったバッフェ隊へ、サキの四号機、カーミラのスピンドル・ナックルが襲《おそ》いかかる。極めて誘導性の高いそのホイールは、確実にバッフェを一機ずつ撃墜《げきつい》していく。

そして、敵陣に開いた穴から一気にイデアールの死角となる懐《ふところ》へ飛び込み、ジー・エッジを抜いて装甲《そうこう》の薄い部分にピンポイントで突き立てるハルトの一号機。

虹のような残光を散らしながら、四機のヴァルヴレイヴが戦場を舞う。

それは、ドルシア兵の目から見ても美しさに息を呑《の》むような光景だった。

FM
HL

だが、優勢はいつまでも続かない。ハルト達は常に敵の物量に苦戦してきたが、今回はその中でも最大規模だった。五号機がいかに高い防御力を持っていても、所詮《しょせん》一機では全ての弾雨を防ぎきる事は出来ない。防衛線を抜けた攻撃《こうげき》が、少しずつモジュールを揺らし始めている。

「天蓋《てんがい》ブロック、第277フレーム破損！」

「バリアシステム、出力87％に低下！」

モジュールへ攻撃が当たり始めるのを見たハルトから、エルエルフへ通信が入る。

『エルエルフ、敵の数が多すぎる！　このままじゃもたないぞ！』

「全ては計算の内だ」

この状況にあっても冷静さを失わず、エルエルフは戦場の俯瞰《ふかん》データを送る。

『！』

そこに表示されている敵艦隊《てきかんたい》の状態を見て、ハルトもその意図する所をすぐに察した。

「モジュール77を追撃《ついげき》するために、敵艦隊の陣形は完全に崩れた」

「ホントだ、棒みたい」

七海《ななみ》の言う通り。最初は面で展開されていたドルシア艦隊は、岩礁宙域《がんしょうちゅういき》の中でモジュール77を追撃するために、ほぼ一直線に並んだ長蛇《ちょうだ》の陣と化していた。

「この状態でハラキリブレイドを使えば、一気に敵を殲滅《せんめつ》出来る」

『だから針路変更を……』

「逃げたんじゃなかったのね」

「お前のハラキリブレイドが逆転の鍵《かぎ》だ。タイミングを外せば作戦は水泡《すいほう》に帰《き》す」

『……分かった！』

意気込んで通信を切るハルト。

（こっちはこれでいい。自分の一撃《いちげき》にモジュールの命運がかかっているとなれば、あいつならやるだろう。敵を殺したくないなどと言い出さない点は評価出来るな。後は——）

「連坊小路《れんぼうこうじ》サトミ」

エルエルフは司令席を離れ、戦況把《は》握《あく》に努めているサトミへと紙の束を差し出す。

「なんだ……？」

「以降の作戦を状況ごとに書いておいた。この通り指示を出せ」

「どうして私が……」

「マニュアルを遂行《すいこう》する能力に関しては、お前が最も優秀だ」

「…………」

無言で指示書を受け取るサトミ。言う通りにするのが気に入らないのと、能力を認められた事が少し嬉《うれ》しいのとで、複雑な表情だ。

「あなたはどうするの？　どこかに行くみたいな……」

そのやり取りを聞いていたショーコが疑問をぶつける。だがエルエルフが答える前に、通信士の七海《ななみ》が声を上げた。

「ドルシア軍から、秘匿《ひとく》通信です！　総理《そうり》と二人で話したいと……」

（来たか）

待っていた通信が来た事に、エルエルフは口の端を上げる。サトミだけがそれに気付き、訝《いぶか》しげに眉を寄せる。

「私？」

「繋《つな》ぎますか？」

「受けよう。ただし、総理官邸《かんてい》でだ」

エルエルフの言葉に、そんなものあったっけ、とショーコはきょとんと目を丸くした。

どこかと思えば、エルエルフに連れてこられたのは学校の校長室だった。

「総理官邸って言うから……」

「お前は一国の総理だ。最低限の格好はつけてもらう」

「……うん。今度は私の番だ」

「今度？」

言われるがままに校長席に座るショーコ。背後の壁にはジオールの国旗が掲《かか》げられており、机の上にある角柱の名札は「校長」から「総理大臣」に書き換えられている。

パソコンを立ち上げ、中継の準備をするエルエルフ。ショーコは名札をもてあそびながら、ぽつぽつと心情を語る。

「私、この戦争に巻き込まれるまで知らなかった。安全に暮らせるって、すごく幸せな事なんだなって。その平和はタダじゃなくて、誰《だれ》かが守ってくれてたものなんじゃないかって……だから、今度は私が」

「国家の最大の使命は、国民の安全を守る事」

「え？」

半ば独り言のつもりだったショーコは、まさか反応がもらえるとは思わずエルエルフの顔を見る。あっても、また綺麗事《きれいごと》だと冷笑されるくらいかと思っていた。

「ドルシアもそう考えた。故に強大な軍事力を保持する」

「それは……」

「繫《つな》がったぞ」

安全のため、平和のための軍事力という矛盾《むじゅん》とも取れる事実に悩む暇《いとま》もなく、パソコンのモニタに禿頭《とくとう》のドルシア軍人が映った。

新生ジオール総理大臣《そうりだいじん》として、これが初めての外交となる。何をすればいいのかなど分からないが、相手に飲まれて下手な事を言ってしまう訳にもいかない。ひとまず気持ちを切り替え、居住《いず》まいを正すショーコ。

『ドルシア軍少将《しょうしょう》、デリウス・バーテンベルク』

「ジオール総理大臣、指南《さしなみ》ショーコです」

『戦時である。虚礼《きょれい》は廃《はい》させて頂く』

牽制《けんせい》のようなやりとりは一切ない。デリウスがカメラの前から身を外すと、その背後で手錠《てじょう》を掛けられて椅子《いす》に座らされている男が画面に映る。

カメラが動き、顔がズームになる。

その顔は。

「お父さん⁉」

殺されているのでは、と報道されたショーコの父、指南リュージだった。

良かった、やっぱり生きてたんだ……と、ショーコが喜ぶ暇もなく、デリウスの口から無慈《むじ》悲《ひ》な事実が告げられる。

『ジオール元総理大臣、指南リュージの軍事裁判は、死刑で結審《けっしん》した。平和中立と他国を欺《あざむ》き、甚大《じんだい》なる脅威《きょうい》、ヴァルヴレイヴを秘密裏に開発せしめた罪だ』

「そんな……」

あまりにも唐突なその言葉に愕然《がくぜん》とするショーコ。それでもなんとか総理大臣としての立場を思い出し、精一杯虚勢《きょせい》をはる。

「私達の家族に手を出したら、ヴァルヴレイヴはＡＲＵＳに渡すと言ったはずです」

『死刑執行の準備を』

だが、デリウスはショーコの脅《おど》しに耳も貸さない。その指示を受けたドルシア兵が両脇からリュージの腕を取り立たせようとする。

「卑怯者《ひきょうもの》!」

『大人には褒《ほ》め言葉だよ。手段や美学にこだわるのは子供の格好つけだ。汚い手段を使っても目的を実現するのが大人というものだ』

「あ……あぁ……」

通じない。相手はどうしようもなく大人なのだ。子供の理想や綺麗事《きれいごと》は、一切通じない。

『これは戦争だ。あらゆる卑怯も正義も、勝利が塗りつぶす』

戦争の勝ち方など、ショーコには分からない。

(どうする……どうすればいい……作戦、ヴァルヴレイヴ、戦争、学校、お父さん……考えろ……考えろ私……!)

スカートの裾《すそ》を握り締め、必死で頭を回転させるショーコ。だが、いつも自分の感性だけで行動してきたショーコにとって、それは余りに荷の重い問題だった。

『取り引きだ、若き総理大臣』

話し合いは、常に相手のスペースで進んでしまう。

だが、デリウスの持ちかけてきた話は、ショーコにとって決して悪いものではなかった。

『まず、ヴァルヴレイヴによる攻撃《こうげき》をやめさせてくれ。どうやらあれはよほど優秀な兵器のようだ。こちらの損害が想定を上回っている。もちろん、こちらからの攻撃も中断する。つまり、一時的に休戦し、落ち着いて話をしないか、という事だ』

元々デリウスは、リュージを使った交渉などするつもりはなかった。長期戦に持ち込み、ヴァルヴレイヴを無力化してモジュール77を占領する、それだけで済むと考えていたのだ。

だが、ヴァルヴレイヴの戦力はデリウスの想像を遥《はる》かに上回っていた。カインが苦戦するのも頷《うなず》ける、と認めたデリウスは、切るつもりのなかった備えのジョーカーを切らざるを得なくなったという訳だ。

何にせよ、戦闘《せんとう》が中断出来るならショーコにとってそれ以上の事はない。エルエルフを仰ぎ見て力強く頷く。それを受け、エルエルフは携帯を取り出しサトミに連絡を入れる。

「俺だ。ドルシア軍と一時休戦が成立した。ヴァルヴレイヴに攻撃をやめさせろ」

その連絡を受け、サトミは受け取った指示書を見ながら驚嘆《きょうたん》していた。

「すごいな、書いてある通りじゃないか……」

指示書には、次のように書かれている。

【ドルシア軍から通信が来た場合、指南《さしなみ》ショーコに一時休戦の交渉をさせる。それが成立したら、五号機で防御しつつヴァルヴレイヴによる攻撃を中断しろ。ただし、念のために一号機は

オーバーヒートさせ、ハラキリブレイドのチャージをさせておく事】

「時縞《ときしま》君、一号機の熱量は？」

『100％を……超えました！　ハラキリブレイド、充塡《じゅうてん》に入ります！』

「よし！　流木野《るきの》君、山田《やまだ》君、攻撃を中断しろ！　犬塚《いぬづか》は防御を！」

『はぁ⁉　なんでよ！』

「ドルシア軍との一時休戦が成立した。ここからは、交渉の時間だ」

『マジかよ……？』

半信半疑で、サキ達は動けなくなった一号機を守るように集まり、攻撃《こうげき》をやめる。

するとサトミの言う通り、ドルシア軍からの攻撃も停止した。

「すごい、ショーコさんがやってくれたの⁉　さっすが総理大臣！」

無邪気にはしゃぐ七海《ななみ》につられて、他の生徒達からも安堵《あんど》の声が上がる。

だが、サトミは次の指示書に目を通し、油断なく戦場に目を向けている。

戦闘《せんとう》が中断し、あらためてデリウスが持ち出してきた取り引きは、ショーコに大きな決断を迫るものだった。

『ヴァルヴレイヴの譲渡《じょうと》と引き換えに、君達学生とその家族を全員、第三国に亡命《ぼうめい》させよう』

家族を助ける事を目的とするなら、それは決してあり得ない選択肢《せんたくし》ではない。しかし。

「え……それって、他のジオールの人達は!?」

『見捨てろ』

デリウスは、一言の下に切って捨てる。

「え……」

『同じ人種というだけで、どうせ大半は他人だろう』

「お断りします！　私達だけ助かるなんて！」

『ならばこのまま戦闘を再開し、指南《さしなみ》リュージは処刑する。こちらにもかなりの損害は出るだろうが、最終的に勝つのはこちらだ。月へは行かせない。そうなった後で、やはり亡命《ぼうめい》をと望んでも聞き入れるつもりはない』

「……っ！」

卑怯者《ひきょうもの》、と言おうとして、それが相手に何のダメージも与えない事を思い出し、ショーコは悔しそうに唇を噛《か》む。

『安全と家族。それだけあれば人は十分幸せだ』

「……それ、は……」

『戦争は大人に任せておけばいい。友達が死ぬのは嫌だろう？』

「……っ」

その言葉に、アイナの事を、死んでいった生徒達の事を思い出す。もう、あんなのは嫌だ。

けれど、それなら他人を見捨てて、自分達とその家族だけ確実に助かる道を選ぶか？

それとも、他人を助けるために、勝てるかどうかも分からない戦いを続けるか？

どうしても答えが出せず、ショーコは沈黙《ちんもく》する。

その時。

『ふっ……はっはは、あっはっはっはっは！』

唐突に、画面の向こう側に大きな笑い声が満ちた。

決断出来ない自分を、デリウスが笑っているのか……そう思って顔を上げるが。

『なんだ……？』

画面の向こうで、そのデリウスも眉を顰《ひそ》めている。ではこの笑い声は一体――？

声の出所を探して視線をさまよわせる。

その先で、大きく口を開けて笑っていたのは。

「お父さん⁉」

指南《さしなみ》リュージ。それまでずっとただ黙《だま》ってうなだれていた、その人だった。

ひとしきり笑ったリュージは、どこか吹っ切れたような顔をして、ショーコを見つめた。

『そうかショーコ、お前が次の総理大臣か』

『罪人の発言は許可されない！』

『いいじゃないか少しぐらい。父と娘の最期《さいご》の会話なんだから』

「最期じゃないよ！　簡単に諦《あきら》めないで、絶対私が助けるから！」

『黙らせろ』

デリウスの指示を受け、ドルシア兵がリュージの髪を摑《つか》んで床に引きずり倒す。

「やめて！　お父さんに酷《ひど》い事しないで！」

『うぐっ……気にするな……土になって新しい芽を出させるのも、大人の仕事だ』

『お喋《しゃべ》りなジオール人め……』

耳障《みみざわ》りだ、と言うように、デリウスの靴底がリュージの頭を蹴《け》りつける。

『ぐぅっ！』

「お父さん！」

それでもリュージは顔を上げ、強い眼差《まなざ》しを娘に送る。

『……前を向け、ショーコ。お前の未来は、後ろには落ちてないぞ！』

『笑わせるな、自分の未来すら摑めない弱者が！』

再び頭を蹴られるリュージ。こめかみから流れる血が、床と誇りを汚してゆく。

「お父さん！」

『……私の姿を、よく見ておけショーコ。枷《かせ》をはめられ転がされ、足蹴にされて抵抗も出来ない。これが敗者の姿だ。お前達は、ジオールは、勝たなければいけない！　そのためのヴァルヴレイヴだ、そしてお前達なのだ！』

「えっ……？」

リュージが何を言っているのか理解出来ず、戸惑うショーコ。忌々《いまいま》しそうに、リュージの頭を踏《ふ》みにじるデリウス。

『さぁ、どうする？　ジオール総理大臣、指南《さしなみ》ショーコ殿』

「お父さん……私……私……」

ショーコは祈るように手を組み、閉じた瞼《まぶた》に涙を滲《にじ》ませる。

（……ここまでだな）

ずっと黙《だま》ってそれを見ていたエルエルフの脳内で、カウント、が、、、666、に、達する、、。

同時にエルエルフは、気付かれないように素早く、携帯端末を操作する。

そして、モジュール77の外周に仕掛けておいた爆弾を、爆発させた。

「えっ、何⁉」

衝撃《しょうげき》が、モジュールを揺らす。

一時休戦中で気を抜いていた七海《ななみ》達が、一気にパニックに陥《おちい》る。

その中で、サトミだけが事態を把握《はあく》している——つもりになっていた。

「くそっ、やっぱりこうなったか……！」

サトミは迅速《じんそく》にハルトへの通信を開き、言った。

「時縞《ときしま》君！　ドルシアが休戦の約束を破って撃ってきた！　ハラキリブレイドを撃《う》て！」

エルエルフからの指示書には、こうあった。

【一時休戦中は、決してこちらからは撃つな。ただし、もしそれでも相手が撃ってきたら、それはドルシアが約束を破ったという事だ。その時は、時縞ハルトに撃たせろ】

サトミは、モジュールを揺らせた爆発が、エルエルフの仕掛けた爆弾によるものだなどと、想像もつかなかった。

モジュール77の地下外殻《がいかく》で起きたその爆発には、ハルトも気付いていた。

「やっぱり……大人なんて、嘘《うそ》つきだ！」

攻撃《こうげき》そのものが見えなかったという事は、ドルシアは休戦中に自分達に気付かれないようにモジュールに近づき、油断しているところに死角から攻撃を仕掛けたという事だ。サトミの通信を受けたハルトには、そんな風にしか思えなかった。

その卑劣《ひれつ》さに怒りを込めて、カタナを抜き放つ。

黄金の光に包まれた機体。開放されたレイヴから迸《ほとばし》るエネルギー。

レイヴの隙間《すきま》に、逆手《さかて》に持ったカタナを突き刺す。

レイヴ・エネルギーを直接纏《まと》いながら、刃は背面まで突き抜け、吸収しきれなくなった熱量が噴き出して暴れ始める。

そして、引き抜いた光の刃を振りかぶり、ドルシア艦隊《かんたい》めがけて振り抜いた。

一時休戦中で警戒レベルを下げていたドルシア艦隊《かんたい》は、逃げる事も出来ず、その圧倒的なエネルギーの奔流《ほんりゅう》にまともに飲み込まれた。

スクリーンの中、次々と敵影《てきえい》が消えていくのを見て、司令室では歓声が上がる。

「やったぁー！」「時縞《ときしま》君、えらい！」「これで月に行けるよ！」

一時休戦を受け入れたと見せかけて不意打ちをしてくるというドルシアの卑劣《ひれつ》な作戦に、生徒達のドルシアに対する敵対感情はいや増している。

「敵艦隊、74％の消滅を確認！」

「うん！　今だ、開いた中央を突破して、月に向かうぞ！」

イオリの報告に満足げに頷《うなず》き、指示書をめくって次なる指示を出すサトミ。ヴァルヴレイヴが動き出し、残った敵に追撃《ついげき》を始めた。


「え……？」

中継画面は、唐突に途切れた。

「お父さん……？　何、どうしたの……？」

画面が消える瞬間《しゅんかん》、向こう側が、眩《まぶ》しい光に包まれたような。

その光の中、リュージが、何事かを言っていたような。

だが、ショーコには何も分からない。

「どうやら、時縞ハルトがハラキリブレイドを撃《う》ったらしいな」

「え……？」

意味が分からず、呆然《ぼうぜん》とするショーコ。

「どうして……？　だって、一時休戦って……」

「さっきモジュールが揺れたのは、ドルシアが約束を破り、油断しているこちらへ攻撃してきたからだと考えられる。それで、止《や》むを得《え》ず反撃したというところだろう」

なるほど。いかにも卑怯《ひきょう》なドルシアらしい。それは分かった。だが。

「それで……どうして、中継が切れたの……？」

それが分からない。嘘《うそ》だ、分かってる。ううん、やっぱり分からない。

どうして──

「指南《さしなみ》リュージの乗った戦艦も、ハラキリブレイドの射界にいたという事だ」

「あ……あぁ……」

光に包まれる、お父さんの顔。

絶対に生きてると思ってた。やっぱり生きてた。

なのに。

最期《さいご》に、なんて言ってたんだろう？

「ああああああああ──────────っ！」

死んじゃった。お父さん、死んじゃった。

「何も……出来なかった……何も……！　うっ、うぅっ、あああああ……っ！」

泣き叫《さけ》ぶショーコ。

その慟哭《どうこく》を、エルエルフは表情一つ変えずに聞いている。

（……これは戦争だ。あらゆる卑怯《ひきょう》も正義も、勝利が塗りつぶす）

ショーコを見下ろすその瞳《ひとみ》は、どこまでも冷たかった。

○

そして、戦況は急転する。

「下方より、急速接近する機体あり！」

「下から……!?」

機影を確認する暇もなく、モジュールを大きな衝撃《しょうげき》が襲《おそ》った。しかも今回は断続的なものではなく、まるで地震《じしん》のように、鈍い振動が途切れる事なくモジュールを揺らす。

「きゃあああっ！」

「くっ、何が起こった!?」

「イ……イデアール級が！」

その姿を直に目にした者は、直接的な恐怖に身を震《ふる》わせた。

個別マーキングが施《ほどこ》されたイデアールが、巨大なドリルを装備し、ピットの中へと直接突っ込んできたのだ。

「ピットが……！　ヴァルヴレイヴが戻れないぞ！」

「これじゃ冷却も出来ない！　どうするのさ！」

うろたえる整備班達の前で打ち出されたドリルビットは、モジュールの隔壁《かくへき》を穿《うが》ちながら内部へと侵攻《しんこう》してゆく。また、イデアールの弾薬室が開き、弾薬を降ろして隠れていた白兵戦用の武装をしたドルシア兵達が、次々とモジュール内になだれ込んできた。

「野郎ーっ！」

サンダーに感化されたのか、霊屋《おたまや》が大きなレンチを構え、ドルシア兵に向かっていく。だが、それはあまりに無謀《むぼう》な行動だ。

「よせ！」

咄嗟《とっさ》に霊屋をかばう貴生川《きぶかわ》。ドルシア兵の銃撃《じゅうげき》がその肩口を抉《えぐ》る。

「ぐっ……」

「先生！」

物陰に退避《たいひ》する二人。ドルシア兵達は破壊を撒《ま》き散らしながら進んでいく。

その様子をモニターしながら、司令室でも混乱が続いている。

「敵が侵入《しんにゅう》します！」

「会長、指示を！」

「ま、待ってくれ……」

想定外の事態に取り乱し、サトミは指示書を慌《あわ》ててめくる。

「書いてない……こんな時の事……書いてないじゃないか……っ！」

思わず指示書を放り投げたくなるサトミ。だが、それは絶対に指揮官が部下の前で見せてはいけない態度だ。今、エルエルフはいない。ショーコもいない。生徒達に指示を出せるのは、自分しかいないのだ。

焦《あせ》りを飲み込み、恐怖を抑え、サトミは自分に冷静であれと言い聞かせる。こんな時に生徒達を守れないで、何が生徒会長か！

「……Ｂ４階層以下の隔壁《かくへき》を全て閉鎖《へいさ》しろ！　急げ！」

『Ｂ４階層以下の隔壁を、全て閉鎖します。繰《く》り返します。Ｂ４階層以下の隔壁を、全て閉鎖します！』

モジュール内に響《ひび》くイオリの声。だが、それとは逆に次々と開いていくハッチ。

完全に系統《けいとう》立った動きで侵攻を続けるドルシア兵達の中に、彼はいた。

「ハーノイン、ドリルは任せたぞ」

ランメルスベルグ艦長《かんちょう》にして、カルルスタイン機関長。エルエルフ達を育て上げた指導教官。眼帯のドルシア軍大佐、カイン・ドレッセル。

「ブリッツゥン・デーゲン！」

コクピットをハーノインに預け、カインもまた、モジュール内部へと向かう。

（敵を誘い込んでからの殲滅戦《せんめつせん》。私の指導が行き届いているようで嬉《うれ》しいよ。エルエルフ、本当にお前は、私の仕事を忠実にこなしてくれる）

兵士達に混じって無重力の空間を泳ぎながら、パイロットスーツのメットの中、カインは片目を細めて笑う。

一方、イデアールのコクピット内で、ハーノインはドリルビットを制御しながらカインの後ろ姿を睨《にら》むように見送っている。

（今回の作戦……）

偶然クリムヒルトと一緒になって侵入した艦長室で見つけたのは、今回の作戦に際してデリウスへ提出された報告書の原本。

その中には、ハラキリブレイドの事が一言も書かれていなかった。

（大佐……あんた、一体何がしたいんだ……？）

デリウスのフェルクリンゲン艦隊の残党を追撃《ついげき》していた三号機と五号機が、侵攻に気がついてモジュール77へと飛んでいく。

『ドリルだとぉ!?　んなもん引っこ抜いてやるぜぇ！』

勇《いさ》むサンダーをフォローするように後を追うキューマ。サキは動けなくなったハルトの一号機を守るために留まっている。

そのサキへ、ハルトがコクピットから通信を送る。

『流木野《るきの》さん、僕をモジュール77に戻して！』

「一号機は動かないのよ!?　ピットも壊れてるから冷却出来ないし、」

『だから、生身で戦う！』

強い意志を感じさせるハルトの声に、サキは何も言えなくなってしまう。

（……そんなに、ショーコさんを助けに行きたいの）

結局サキは、ハルトの言う通りに一号機をモジュール77まで運んでいった。

適当なハッチの傍《そば》に一号機を置くと、すぐにコクピットが開いてハルトが飛び出してくる。

「一号機は地下の第五倉庫に隠しておいて。冷める頃には戻るから！」

言ってエアロックへ向かって飛んでいくハルトの背に、同じくコクピットから顔を出したサキが、せめてこのくらいの嫌味は、と口を開く。

「頑張《がんば》ってショーコさんを助けてきなさい」

「――っ」

その一言を聞いて、やっとハルトは気付いた。

そうか。流木野さんは、ずっと勘違いしてたのか。

今だ。今言わなければ、二重の意味でサキをこの場に一人にしてしまう。ハルトは壁を蹴《け》り、モジュールに背を向けてカーミラの方へと飛んでいく。

「待って！　痛っ！」

「えっ⁉　バカ、何やってんのよ！」

閉じようとしていたカーミラのコクピットにハルトが飛び込んできて、ハッチに挟まれた。

サキは押し出そうとして一瞬《いっしゅん》手を上げかけ、それよりハッチを開けるのが先だと気付き、慌《あわ》ててコンソールを操作する。

ハッチが開き、ハルトを押し出す。反動で飛んでいきかけるハルトの手をしっかりと握り、意味が分からない、という目でハルトを見るサキ。

そんなサキを、ハルトは真《ま》っ直《す》ぐに見つめ返して。

「この戦いが終わったらって、思ってたけど」

「え？」

そして、言った。

「流木野サキさん。僕と、結婚して下さい」

「えっ……⁉」

それは、サキにとって完全に予想外の言葉だった。

今、ハルトは何て言った？　勘違い？　何かの聞き間違い？

サキの混乱に答えるように、一号機のコンソールモニタで、3Dの少女がはしゃいで踊《おど》る。


――　ケッコン　ケッコン　ケッコン　ケッコン　ケッコン　ケッコン　――


繋《つな》いでいるサキの左手を、ハルトは強く握り締める。戸惑いながらもそっとハルトの右手を握り返そうとして、サキはその手を振り払って背を向けた。

そうしてハルトに見えないようにして、自分の胸に手を当てる。うるさい心臓の鼓動《こどう》が聞こえてしまわないように。

「僕の人生をかけて、責任を取らせてほしいんだ」

このハルトの言葉は、失敗だったかもしれない。

人間をやめて、ロボットに乗って、戦争をしていても、ハルトは所詮《しょせん》、ついこの前まではただの高校生だ。異性関係の経験が豊富だった訳でもない。これは、そんなハルトが丸一日考えに考え抜いて辿《たど》り着いた、精一杯の誠実な答えだった。

(責任、か)

後ろを向いたまま、サキは小さく笑う。

分かっていた。ハルトが、本当に自分を望んでいる訳ではない事くらい。

それでも嬉《うれ》しかった。ものすごくどきどきした。

ハルトは謝らなかった。あの時の事を、発作のせいにしなかった。

時縞《ときしま》ハルトが流木野《るきの》サキを抱いたのだと、そう認めて、責任を取ると言ってくれた。

そんな事で、ハルトを許してしまえた自分が、馬鹿みたいだった。

「バッカじゃないの」

「え？」

さぁ、もうちょっとだけ、頑張《がんば》れ私。

「私ね、アイドルなんだよ？　誰《だれ》か一人のものになるなんてあり得ない」

「でも、僕は君に、」

「子供ねーハルトは」

振り返り、平然と笑ってみせる。NGは出せない、一発勝負の演技。

「私、芸能人なのよ？　あんな事くらい、もうやりまくり。ハルトには分からない、大人で汚い世界にいたの」

遠回しにハルトを拒絶《きょぜつ》する。こんな事を言えるのも、もう分かっているからだ。ハルトはこんな嘘《うそ》、信じないでいてくれるって。

「嘘だ、君はそんなんじゃ……！」

ほら。お人よし。

サキは指を二本立てて、パイロットスーツのバイザー越しにハルトの口を塞《ふさ》ぐ。

「……ハルトだって分かってるんでしょ？　あれがカミツキの発作だって……」

自分で口にするのは、やはり辛かった。

「ハルトは、私達の総理大臣を助けに行って。私、あの人、嫌いじゃないし」

そして答えを待たず、サキは指でハルトを軽く押す。

その反動でコクピットへと戻り、何かを言われる前に、ハッチを閉めた。

しばらくハッチの上に留まっていたハルトだが、やがて装甲《そうこう》を蹴《け》ってモジュール77へと向かい、エアロックの中に消える。

（これで……良かったんだよね）

その背中を見送って、サキは震《ふる》える瞼《まぶた》を閉じた。

○

ショーコを襲《おそ》った悲劇《ひげき》を、アキラは全て見ていた。

校長の椅子《いす》に座り、体を折り曲げて嗚咽《おえつ》するショーコの姿。何か言ってあげなきゃ、と音声通話のリクエストを送ろうとして、その手が止まる。

　さっき、自分に電話をかけてきてくれたショーコに、酷《ひど》い狂態《きょうたい》を晒《さら》した事を。

「あぅ……」

　また怖くなって、手が震《ふる》えだす。

「……拒否、った……私……拒否った……」

　自分から拒絶《きょぜつ》したくせに。もし今電話をかけて、ショーコに拒絶されたら。それが怖くて仕方がなかった。

　他人を拒絶する事なんて、平気なはずだった。慣れているはずだった。事実、あの後サトミから何度もあった着信は全て無視している。それはもしかしたら、甘えとか、信頼とか、そういったものなのかもしれないが。

　サトミとショーコでは、やはり違った。

　何が違うのか、アキラにはよく分からない。

　でも、サトミは実のお兄ちゃんだし。ショーコは……

　ショーコは、自分にとって、何なんだろう？

　アキラには、よく分からない。

　震えるショーコの背中を、アキラとは違って冷たく見下ろし、エルエルフは告げる。

「指南《さしなみ》ショーコ。移動するぞ」

ショーコは動かない。

生きていると信じていた、しかし確信はなかった父、リュージが生きていると分かった途端に、死んでしまった。しかも、ハルトの攻撃《こうげき》によって。そう簡単に立ち直れる訳もない。ドルシアで親を知らずに育ったエルエルフは、ショーコの気持ちが理解出来ない。ドルシアに対する憎悪をショーコに植えつけるための姦計《かんけい》だったが、あまりの打たれ弱さにエルエルフは失望のため息をつく。

「……これでは無駄死にだな。お前の父親は」

びくり、と肩を震わせるショーコ。そんな事を言われても、じゃあ自分はどうすればいいのか？　どうするべきなのか？　ショーコには分からない。

その時、エルエルフのポケットの中で携帯が震える。着信は、ハルトからだった。

『エルエルフ、どこだ？』

「学校だ。指南も一緒にいる」

『そうか、良かった……エルエルフ、僕のヴァルヴレイヴはしばらく動けない。それまで僕を使え。ドルシア軍をモジュールから追い出すんだ』

「お前にしては効率的な判断だ。第二グラウンド前で待っていろ、拾ってやる」

『分かった……それから、ショーコに伝えて。必ず勝つって』

通話を切り、ショーコを振り返るエルエルフ。

「……聞こえたか？」

「……ハルトには……言わないで」

「お前の父を撃《う》ったと知れば、時縞《ときしま》ハルトが苦しむか」

「…………」

自分の苦しみよりも、誰《だれ》かが苦しむ事の方を心配してしまう。誰かを苦しませるくらいなら、自分が苦しみを我慢すればいいと考えてしまう。

「……似ているな、お前達は」

いつまでも立ち上がろうとしないショーコを置いて、エルエルフは部屋を出て行った。

○

「君は軍人だな」

貴生川《きぶかわ》に向かって、初対面のカインが断言する。

ピットのパイロット待機室。整備班の生徒達と貴生川は全員ドルシア兵に捕まり、拘束されている。そんな中で唐突に聞かされたその事実に、霊屋《おたまや》は呆然《ぼうぜん》とする。

「えっ……先生？」

「左肩の傷は銃痕《じゅうこん》。45口径のフランジブル弾。縫合痕《ほうごうあと》の粗雑《そざつ》さから、戦場で応急処置したものと分かる。手の綺麗《きれい》さを見るに、軍医か研究者」

先ほど霊屋を庇《かば》って負った傷の治療《ちりょう》のために服を脱がされ、そこにあった古傷を一目見ただけで、カインは貴生川の正体を見抜いてしまった。

「彼は別枠で尋問《じんもん》する。リストに入れておいてくれ」

歯嚙《はが》みする貴生川と混乱する生徒達を置いて、踵《きびす》を返すカイン。

「大佐、どちらへ？」

アードライの問いに、カインは振り向いて薄く笑う。

「卒業式だ」

○

「毒ガスだと……⁉　本当なのか？」

ハルトと合流したエルエルフの元へ、サトミから入った連絡は衝撃的《しょうげきてき》なものだった。

『そうだ！　あのドリルが地上に出てきたら、ガスがモジュール全体に回る！　みんな死んでしまう！』

ピットに突っ込んだイデアールから射出されたドリルビットが、モジュール内部を破壊しながら地上を目指してゆっくりと上り始めた。学園校舎への到達は、およそ三〇分後。さらに、そのドリルからはガスが散布されており、すでに何人かの犠牲《ぎせい》が出ていると言う。

「ニューギニア条約は無視か……手段を選ばずにきたな、カイン」

「カイン……？」

「敵の司令官だ。ドルシア武勇勲章《ぶゆうくんしょう》を三つも受けた英雄。ドルシア改新の中心人物で、総統《そうとう》の懐刀《ふところがたな》。そして……俺を、調教した男だ」

一〇年前。エルエルフは反乱分子として処刑される危機から逃げ出し、リーゼロッテに命を半分与えられた。だからと言ってそのまま言う通りに解放する訳にもいかず、衛兵《えいへい》達が困り果てていたところへ現れ、エルエルフを拾ったのがカインだった。

それからカルルスタイン機関に入れられ、ありとあらゆる知識、技術を叩《たた》き込まれた。

本気を出したあの男と面と向かって勝負して、果たして勝てるか？

エルエルフは、忌々《いまいま》しそうに顔を歪《ゆが》めた。


毒ガスの情報は、宇宙で戦っているヴァルヴレイヴ隊にも届けられた。

『毒ガスだと⁉　汚ぇ真似しやがってぇ！』

アームストロンガー・カノンを分離させた八本腕で器用に岩石を掴《つか》み、ターンして一斉射《いっせいしゃ》しながら、サンダーが叫ぶ。

『このままだと全滅よ！　なんとしてもあのドリルを止めなくちゃ……』

サキのカーミラはマルチレッグ・スパインで生み出した硬質残光《こうしつざんこう》の足場を蹴《け》り、縦横無尽《じゅうおうむじん》に戦場を駆《か》けながらスピンドル・ナックルを投擲《とうてき》する。

『ピットの入り口に行こう！　……っ』

モジュールに気を取られ、バッフェの接近を許すサキ。避《よ》けようのない至近距離からの一撃《いちげき》を、間に飛び込んできた五号機のＩＭＰシェルが防ぐ。

『俺が盾《たて》になる！　山田《やまだ》は援護《えんご》、流木野《るきの》さんが切り込み隊長だ！』

『了解！』

『サンダーだ！』

バッフェ隊を蹴散らしながら、三色の光がピットへと向かう。

その後方、カインのいないランメルスベルグのブリッジから、イデアール隊へクリムヒルトの指示が飛ぶ。

『ピエドラ・デル・ソル部隊、ヴァルヴレイヴが向かっているぞ！』

『アードライは、大佐のところへ行っていますが』

『大佐から聞いている。問題ない』

『なぁいない！　だって僕がいるからね！』

イクスアインとクーフィアのイデアールに装備された輝《かがや》く球体へバッフェ隊が群がり、本来は盾であるアイゼン・ガイストの表面に取りつけたスパイクを押し当てる。

ブースターユニットの先端に取りつけられた追加兵装、『ピエドラ・デル・ソル』。その名は太陽の石を意味し、中心にある球体は、小型の人工太陽である。

やがて赤熱したスパイクを構え、バッフェ隊はヴァルヴレイヴへと向かっていく。

「ザコは通じねぇって言ってんだろ！　食らえ、マシンガン・パーンチ！」

千手観音《せんじゆかんのん》のように一〇本腕を広げたノブ・ライトニングが、猛烈なラッシュをスパイクに浴びせる。その怒濤《どとう》の攻撃にアイゼン・ガイストの防御もこじ開けられ、無防備になった胴体にチェーン・ソーサーの一撃《いちげき》。爆散するバッフェ。

「どうだサンピン！　俺様にはそんな小細工通用……」

突如《とつじょ》表示されるアラート。見ると、いつの間にか熱量が90％を超えている。

「あれ？　急に温度が……殴《なぐ》っただけだぜ⁉」

戸惑って動きが止まる三号機に、前と後ろから、スパイクを装備したバッフェが体当たりしてきた。スパイクの高熱がヴァルヴレイヴを熱し、放熱フィンから蒸気が吹き出る。

そして熱量はあっさり100％を超え、三号機はオーバーヒートして機能を停止した。

「おいおい……！　こんなのありかよ、冗談だろ！」

『山田《やまだ》、動けないのか⁉』

「100％を超えちまった！」

赤く染まったバッフェのスパイク。それを殴った三号機の腕も赤くなっているのを見て、サ

FM
HL

キは三号機が何をされたのかを悟る。

「アイロン⁉　そういう事なの⁉」

再びバッフェがピエドラ・デル・ソルへと取りつき、スパイクを熱する。アイロンの原理でヴァルヴレイヴの熱量を強制的に上げ、オーバーヒートさせるという作戦だった。

『原理は単純……しかし、そこに目をつけられたカイン様は、やはり素晴らしい……！』

『ホット・アイデアだよね！』

盲目的《もうもくてき》にカインを賞賛するイクスアインに対し、クーフィアはあくまでもおどけた様子。

バッフェは次に五号機を狙う。ＩＭＰシェルでスパイクを防ぐキューーマ。だが。

「盾《たて》でも温度が上がるのかよ⁉」

シェルで熱伝導は防げても、輻射熱《ふくしゃねつ》は防げない。焦《あせ》るキューーマはバッフェをはね除《の》けて撃《う》ち抜くが、熱量の上昇は加速しており、スクリーンにアラートが表示され始める。

「時間がない……こうなったら！」

キューーマは二枚のシェルを重ね、向かい来るバッフェを強引に吹き飛ばしながら、元凶を断つべくイデアールに向かって突進した。

その捨て身の攻撃に、イクスアインは余裕の笑みで答える。

『いかにその機体が極大の防御力を誇ろうとも』

『無駄無駄無駄無駄ぁ！　ピエドラ・デル・ソル最強！』

小型の人工太陽は、バッフェのスパイクを加熱するだけではなくイデアールへもエネルギーを供給している。それにより威力の上がったクーフィア機のビームが五号機を襲《おそ》う。

五号機は重ねたシェルでそれを受けるが、ダメージはともかく反動によって速度を殺されてしまう。イデアールに近づくためシェルを開いてビームを弾《はじ》き飛ばすと、その瞬間《しゅんかん》を狙っていたバッフェのスパイクに挟まれてしまった。

五号機の熱量が、急上昇を始める。

司令室のスクリーンモニタに表示されるヴァルヴレイヴ各機の状態に、オペレーターのミドリが叫ぶように声を上げる。

「三号機、機能停止！　五号機の熱量も上がっています！」

「ヤバいんじゃないの……？」

「タカヒ様……」

「イオリさん！　時縞《ときしま》君は⁉」

「エルエルフと一緒、だと思います……」

「思いますじゃないでしょ⁉　すぐに連絡を取って！」

「はい！」

慌《あわ》ててコンソールに向かうイオリ。だがその時、マリエからさらに絶望的な報告。

「ドリル、地下二階に到達！」

地下一階と地上一階の間は、他のどの階層よりも距離的な隔《へだ》たりがある。そのためドリルが地上に貫通するにもまだ時間がかかるとは思われるのだが、モニタに表示されたモジュール77の断面図、その中央を突き進むドリルの勢いは、生徒達の不安を増長させる。

「……タカヒ！　少しだけ頼む、すぐ戻る！」

「サトミ!?」

それまでなんとか司令官代理として、妹よりも生徒達の事を優先していたサトミが、ついに耐えられなくなって司令室を飛び出す。

貫通まで、あと一〇分。

○

地下通路。ハルトとエルエルフは、サキが一号機を隠した第五倉庫へ向かっている。

「一号機を敵に襲《おそ》わせる？」

「トロイの木馬だ。予《あらかじ》め俺達がエンジンに隠れておき、敵の懐《ふところ》に飛び込む」

「危険すぎる！」

「リスクを恐れている状況ではない。敵はあのカインなんだ！」

いつになく余裕のないエルエルフ。カイン、自分に全てを教えた男。手段を選ばなくなったあの男を相手に、肉を切らせる程度の覚悟では相打ちにすら持っていけないかもしれない。とにかく相手が予想もしない策を、と考えているのだが、それがとにかくリスクが高い策とほぼイコールになっている。

結局それ以外の案が出ないまま、倉庫に辿《たど》り着き、扉を開ける。

そして、ハルトは息を呑《の》む。

倉庫の奥で眠りにつくヴァルヴレイヴ一号機、その周囲に。

生徒達の死体が、浮かんでいる。

「そんな……」

それは、サキが一号機を隠した後、ドルシア兵に見つかって奪われないようにと、自主的に見張ってくれていた生徒達だった。

そして、コクピットハッチの上に佇《たたず》み、こちらを見下ろす黒い影。

「カイン……！」

「ようこそ、私の最高傑作。さぁ、卒業式を始めようか」

いくら手段を選ばなくなったとは言え、まさか本人が出向いているとは思ってもみなかった。それだけ本気なのだと悟り、エルエルフの背筋が粟立《あわだ》つ。

「トロイの木馬か。古典的だが悪くはない。が、一足遅かったな。この機体は頂いていくよ。

一族の未来のために」

全てお見通しだ、とでも言うようなその笑みに、悔しそうに歯を食いしばるエルエルフ。

「よくもみんなを……！」

生徒達の死体に激昂《げっこう》したハルトは、スラスターを吹かせてカインへと突っ込む。

カインは冷静に銃《じゅう》を抜き、正確な射撃《しゃげき》でハルトの心臓付近に三発の銃弾を撃《う》ち込む。

「ぐっ、がっ……！」

血を噴き出しのけぞりながら、それでもカミツキであるハルトは死なない。

その様子を見て、カインが目を細める。

（不死身……やはり第三世代か）

驚きもせず、興味深そうにハルトを観察するカイン。

その背後から、隠しナイフを構えたエルエルフが音もなく突っ込んだ。

死角からの無音の攻撃。だが、その気配を察知したカインは振り向きざまに左手でもう一丁の銃を抜き、銃把《じゅうは》で刃を受け止めて右手の銃をエルエルフに突きつける。

「恩師の殺害に躊躇《ちゅうちょ》なし。練度《れんど》評価Sをやろう。しかし」

顔を近づけてにやりと笑い。

「染みついているはずだ。君は、私には勝てない」

「ぐっ……」

その事実を否定するように、エルエルフは強くカインを睨《にら》みつける。

「ふむ。どうやら再教育が必要なようだ」

カインはあえて銃を捨て、素手《すで》での格闘を開始した。

エルエルフの腕を掴《つか》み、その腕を引くと同時に顔面に拳《こぶし》を叩《たた》き込む。エルエルフは反作用を利用して体を回転させ、蹴《け》りを放つ。しかし肘《ひじ》で防がれ、同じように体を回転させたカインの手刀が側頭部にヒット、さらにヴァルヴレイブの装甲《そうこう》を足場にした追い討ちの拳。

「ぐぁっ！」

吹き飛ばされながらも装甲に手をつき、体勢を立て直して反動でカインへと向かう。なんとか襟《えり》を掴もうと手を伸ばすが、まるで1G空間にいるかのようなカインの自然な動きにかわされ、逆に袖《そで》を取られて膝《ひざ》蹴《げ》りを食らってしまう。さらに連続の蹴りで吹き飛ばされたエルエルフの体が、ヴァルヴレイヴの頭部に激突して止まる。

「相変わらず防御が甘いな。練度評価、E」

(馬鹿な……この俺が……！)

無重力格闘の指導を受けたのもやはりカインだったが、教練《きょうれん》では互角以上に戦えるまでになっていた。そのはずだった。だが、教練でのカインは本気を出していなかったのだと思い知らされ、屈辱に顔を歪《ゆが》めるエルエルフ。

「ふふ……ん？」

まるで子供を微笑ましく見守るようにしていたカインに、突如《とつじょ》一発の銃弾《じゅうだん》が襲《おそ》いかかり、服の端を掠《かす》めて千切る。

「逃げろ！　エルエルフ！」

撃《う》たれた傷がある程度回復したハルトが、カインに銃を向けていた。

「この状況を逆転出来るのは君だけだ！　逃げて勝て、こいつに！」

「……お前にしては適切な判断だ！」

身を翻《ひるがえ》し、エルエルフは倉庫から飛び出した。

銃を持っているとは言え、素人《しろうと》のハルトにカインを足止めする事など土台無理である。にもかかわらず、カインはエルエルフの後を追おうとしない。

「そうか、友達が出来たのか……長い人生に友人は大切だよ」

ハルトを見てから、エルエルフの逃げた通路に目をやり、カインは呟《つぶや》く。

「なぁ、アードライ」

(この状況を打破するには、六号機を動かすしかない……！)

通路を進みながら、エルエルフは考える。

(最後の一機だ、念のためパイロットを決めずに空けておいたが、今となっては出し惜しみしている場合じゃない。問題は、誰《だれ》を乗せるか)

貴生川《きぶかわ》の話から、ヴァルヴレイヴに乗れるのはおそらく受精卵の段階で何らかの適合処置を施《ほどこ》されているという咲森学園《さきもりがくえん》の生徒だけだという事が分かった。ハルトにジャックされていれば乗れるようだが、今の自分は乗れない。

そして、現時点で分かっている六号機の機体性能と、特能装備が持つ特性。

（導き出される結論は……）

答えを見出《みいだ》すその直前。

エルエルフの前に、怨念《おんねん》を纏《まと》った幽鬼《ゆうき》のような人影が現れた。

「大佐は私を尋問役《じんもんやく》に指名してくれた」

アードライ。エルエルフに裏切られ、左目を奪われた男。

「安心しろ。全てが終わったら瞳《ひとみ》はもらってやる」

アードライは笑う。

「君は私の左目となって、私の革命を一緒に見るんだ」

アードライは、エルエルフを信じ、なんとか生かして連れ戻そうとしていた。今まではそこにつけ込んでいた部分が少なからずある。

だが、狂気に取り憑《つ》かれた表情のアードライにもはやそれは通用しそうもなく、エルエルフにはカインの攻撃《こうげき》によるダメージも残っている。

向けられた銃口をかいくぐって逃げるのは、今のエルエルフには不可能だった。

○

校長室。ショーコはまだ、一人うなだれている。

(こんな事してる場合じゃないのに。みんな戦ってるのに……)

自分に何が出来るのか、何をするべきなのか、ショーコにはさっぱり分からない。

(ハルト……私、どうすればいいの……?)

救いを求める無言の声に答えるかのように、携帯が鳴る。

「! ハル……」

期待を込めて画面を見る。が、着信の相手は予想外の人物だった。

『もしもし、指南《さしなみ》か? 私だ、連坊小路《れんぼうこうじ》だ!』

防犯カメラを通してショーコの様子を見ていたアキラは、咄嗟《とっさ》にその通話内容を傍受《ぼうじゅ》する。

『頼む……妹を、アキラを助けてくれ! ドリルが学校に向かってる。このままだとアキラが、だから……』

「んぐっ……お兄ちゃん……」

余計なお世話だ、と憤《いきどお》るアキラ。ショーコは今、お父さんが死んで、苦しんでるのに!

『妹は昔、学校で辛い目に遭《あ》って、それで外が怖いんだ！』

「っ！」

瞬間《しゅんかん》、フラッシュバックする忌《い》まわしい記憶。

ゴミの詰められたランドセル。落書きだらけの机。切り刻まれた上履《うわば》き。

「あ……あああ……」

嫌な記憶。忘れたい記憶。恥ずかしい記憶。

絶対に、誰《だれ》にも知られたくない過去。逃げ出して、引きこもって、隠れているという今。

それを、よりにもよって、ショーコに！

怒りと羞恥《しゅうち》に頬《ほお》を染め、アキラは猛然《もうぜん》とキーボードを叩《たた》く。

『メールにも電話にも返信なくて……頼む指南、もうお前しか……っ⁉』

突如《とつじょ》届いたワイヤードのメッセージに、サトミは驚いて携帯を見る。

【余計なことしないで】

【余計なことしないで】

【余計なことしないで】

【余計なことしないで】

【余計なことしないで】

二人の通話に割り込んだ形のアキラのメッセージは、ショーコの携帯にも表示される。

「アキラ……ちゃん……？」

【怖いんじゃない】

【私は好きでここにいるの】

【ここには嫌いな人がいない】

【バカは自動的に淘汰《とうた》される】

【クリーンでジャスティスな】

【私だけの世界】

『敵が来てるんだ、そこにいたら死ぬぞ！』

途切れる事なく流れてくるアキラのメッセージに、サトミが心配と怒りで半分半分の怒声を上げる。だが、メッセージは止まらない。

【だから何？】

【外に出るくらいなら】

【死んだ方がマシ】

「……っ！」

死。

その一文字が、ショーコの心をかき乱す。

【進化を遡《さかのぼ》ってミジンコになれって言うようなもの】

【そうまでして生きたくない】

【ミジンコお兄ちゃんは】

【ゾウリムシに囲まれて暮らせばいいじゃない】

「ふざけないで……」

【私は一人で生きて】

【一人で死ぬから】

「ふざけないでっ！」

怒り。悲しみ。憤《いきどお》り。

そんな全てを込めた一喝《いっかつ》に、アキラからのメッセージが止まる。

「死んでもいいなんて……そんな訳ないよっ！」

椅子《いす》を蹴《け》るようにして立ち上がり、ショーコは校長室を駆《か》け出した。

（アキラちゃん……アキラちゃん……！）

校長室とダンボールハウスはちょうど校舎の両極端に位置し、その途中にはドルシア軍の攻《こう》撃《げき》で崩れていまだ塞《ふさ》がったままの箇所《かしょ》がある。廊下からは行けない。

一番近いエレベーターで一度地下へと降り、そこから通路を走り出すショーコ。現状で、それがダンボールハウスへの最短ルートだった。

【私が一人でいいって言ってるの】

【いらない】

【来るな】

再びアキラからのメッセージが届く。カメラでこちらの動きをモニターしているのだろう、ショーコが通る通路のスプリンクラーが片っ端から作動した。嫌がらせのような妨害《ぼうがい》に、しかしショーコは気にする事もなくずぶ濡《ぬ》れになりながら突っ走る。

「声も、笑顔も、体温も、全部なくなっちゃうんだよ！　もう二度と会えないし、話せない、憎めない、触れられない！」

【あなたもどうせ同じ】

【私を笑って】

【哀れんで】

【外に出ろって私を怒る】

「もう怒ってるよ！」

【ほら、やっぱり】

「だって、友達だもん！」

メッセージが途切れる。

百の拒絶《きょぜつ》の言葉でも、ショーコは止まらない。

それが心の底からの拒絶ではないと、確信しているからだ。

（私がこうやって走り続けていられるのが、その証拠だよ、アキラちゃん）

走りながら、ちらりと壁に目を向ける。

地下通路には、無数の隔壁《かくへき》がある。本当に来てほしくないなら、アキラならコントロールを奪って隔壁を閉じる事など容易《たやす》いはずだ。

それが、まだ一枚も閉じないという事は。

【そんなのなった覚え】

【ない】

たった二つのメッセージが、随分《ずいぶん》と時間をかけて送られてくる。

「今からなる」

【勝手に決めないで】

「駄目。もう決めた！」

【自分勝手】

横の通路から、コンテナを積んだフォークリフトが行く手を遮《さえぎ》るように出てくる。だがその程度の障害は、ショーコを試す事すら出来ない。

携帯をポケットにしまい、前傾姿勢を深くして加速するショーコ。

「友達なめるなぁーっ！」

そして、高く跳ぶ。

コンテナの上に着地し、さらにジャンプ。

通路の上からショーコを見ていた監視《かんし》カメラに摑《つか》まってぶら下がり、そのレンズに、レンズの向こうのアキラに、とっておきの笑顔を向けて、言った。


『私達、友達でしょ?』

その言葉が、本当に自分に向けられたものなのか、アキラは信じられない。

「あ……」

その笑顔が、本当に自分に向けられたものなのか、アキラは信じられない。

自分にとって、ショーコは一体なんなのか。ショーコにとって、自分は一体なんなのか。それがずっと分からなかった。

その答えが、これ?

「あ……ぅ……」

アキラは、ショーコの名前をまだ一度も呼んだ事がない。

でも、今。今ショーコの名前を呼べば、そうだと、友達だと、認められるような気がして。

「……ショー……」

ほんの一言の名前を呼び終わる前に。

ショーコの足元が崩れ、破壊を撒《ま》き散らしながら、ドリルが床を貫いて現れた。

「っ！」

吹き飛ばされて倒れるショーコ。ドリルからはガスが漏《も》れ出てゆっくり広がっていく。

それがどのようなガスかは分からないが、有毒ガスには水溶性のものも多い。急いで再びスプリンクラーを作動させるアキラ。隔壁《かくへき》も閉じようとするが、ドリルにやられたのか途中までしか動かない。全開にした空調も、比重の大きなガスを排気するには不十分だ。

「ダメ……どうしよう……どうしよう……！」

倒れたショーコはぴくりとも動かない。お父さんが死んで辛い時に、私のために、私なんかのために、ここまで来ようとしてくれたのに。そのせいで。私のせいで。

「はぁ、はぁ……あぁ～……うぅ……！」

後ろを振り返る。そこにはダンボールハウスの出入り口。外へと繋《つな》がる道。

再びモニタを見る。倒れたショーコ。動かないショーコ。

「んぁぁ……うぅ～！　あぁぁぁ……」

ぐしゃぐしゃと頭をかき乱し、アキラは葛藤《かっとう》する。

ショーコは私のために色んな事をしてくれた。なのに私はなんだ!?　何をしてるんだ、何を迷ってるんだ、何を怖がってるんだ!?

「うぅぅぅう、んー……！　うぁぁぁぁあああああ！」

身を返し。

四つん這《ば》いになって、クッションや毛布をかき分けながら、アキラは出口へ這い寄る。

そこから飛び出そうとして、外に広がる光景に体が竦《すく》む。

教室。

学校の、教室。

自分の机がない。上履《うわば》きもない。へし折られたペンと、破られたノートや教科書だけが、ゴミのようにそこにある。

「あ、あ、あぅあぁぁ……」

トイレ。個室に逃げ込んだ自分に、ホースで水をかけてくる同級生達。

『お体を洗いましょうね、お嬢様』

『不潔ねー、あはははは!』

「はっ、はっ、あっ、あぅ、はっ……」

泣いている自分の髪を切り落としていく、安物のハサミ。

『綺麗《きれい》な髪ですこと』

『ショートカットも似合うでしょうねぇ』

『かゆいところはありませんかぁ?』

光が、襲《おそ》いかかってくる。闇《やみ》の暗さを深めるために。

「ダメ……」

後ずさる。影の中へ。

最初から光なんてない、だから闇を怖がる必要なんてない、自分の世界へ。

一歩。二歩。逃げる自分の手に。

何かのガラス瓶《びん》が当たった。

「……？」

見てみる。

それは、ラー油の瓶だった。

それを見た瞬間《しゅんかん》、自分の中の闇が、強烈な光に塗りつぶされるのをアキラは感じた。

あの子は、いきなり現れた。勝手に私の世界に入ってきた。

私が怖がっても。嫌がっても。冷たくしても。

頼んでもいないのに、何回も何回も、この影の世界に、眩《まぶ》しい笑顔を持ってきた。

「約束……した……」

私の前で笑ってた。私の前で泣いてた。私を助けてくれた。ポテトチップの美味《おい》しい食べ方を教えてくれた。

「一緒に……」

『一緒に、スーパー行こうね！』

外の世界へ、誘ってくれた。

「……う」

外に出ろと、怒るのではなく。

「うぅぅ、あぁぁ……」

外に出てくれと、頼むのでもなく。

「あああああ、ああああああ……！」

一緒に行こうと、誘ってくれた！

「スーパァァァァァァアアアアア！」

そしてアキラは、破壊音と共に、影の世界の壁をぶち壊した。

小さな出入り口ではなく、大きな壁に体当たりして、外の世界へと飛び出した。

「んぐっ……ああっ！　はぁ、はぁ、はぁ」

勢い余って地面に突っ伏した状態から体を起こし、後ろを振り返る。

「……出た！　で、出られた」

そこには、大穴の開いたダンボールハウス。

その穴から、パソコンのモニタが見える。

「……っ！」

そこに映っているのは、地面に倒れて動かない——

「ショーコ！」

友達。

やっと呼べた。やっと名前を呼べた。あれ、友達って呼び捨てでいいんだっけ？　向こうは私をアキラちゃんって呼ぶから、私もそう呼ぶべき？　ああもう、そんな場合じゃない！

「ショーコちゃん！」

教室を飛び出し、アキラはショーコの倒れている地下へと急いだ。ドリルに電気系統をやられたらしく、暗くなっている地下通路を必死で走る。

「ショーコ！　ショーコちゃん！　ショーコ……」

友達の名前を呼ぶその声が、唐突に途切れる。

もうすぐだ、そう思ったのに、通路の途中が瓦礫《がれき》で塞《ふさ》がれている。

「ショーコちゃん！　ショーコちゃん……うっ、うう……」

この向こうにいるはずなのに。あと少しのはずなのに。何も出来ない自分が歯がゆくて、アキラは震《ふる》えながら瓦礫を叩《たた》く。

「ショーコちゃぁぁぁぁん！」

その叫びに応えるように——

がら、と、瓦礫の崩れる音が聞こえた。

「えっ……？」

音のした方を見ると、ドリルの破壊の影響《えいきょう》だろう、大きく崩れた壁があった。
そこからはぼんやりとした光が漏《も》れている。ふらふらと歩み寄るアキラ。
そして、覗《のぞ》き込む。
崩れた壁と床の下は、地下二階の研究室。
その中で、淡い光を放っているのは。
「あ……」
紫の鎧《よろい》を身に纏《まと》った巨人——ヴァルヴレイヴ、六号機。
「ヴァルヴ……レイヴ」
先日、機体性能や特能装備の解析をするためにピットから移動していたのを思い出す。
それが今、このタイミングで、自分の前に現れた。
壁をぶち壊した自分に、誰《だれ》かがもう一つ、扉を開けてくれた。
運命だと思った。
タラップを渡り、ハッチを開けて、コクピットに乗り込み、シートに座る。
コンソールの起動ボタンを押す。

ニンゲンヤメマスカ？　YES／NO

「……どうせ……！」

どうせ、ショーコがいなければ、自分は今でも影の中で、虫のような生き方を続けていたに違いない。だったら、とアキラはYESを押した。

スクリーンに無数のチェック項目が現れ、シートの首元からギミックが伸び、アキラの首を挟んで針を打ち込む。

「ん……っ！」

目を見張るアキラ。

首筋から全身へ、情報の奔流《ほんりゅう》。それが不思議と、怖くもないし不快でもない。むしろ、どこか馴染《なじ》みのあるような、これは何？

分かる、どうすればいいのか、分かる。

コクピットシートの、まるで自分の慣れ親しんだパソコンの前であるかのような違和感のなさを、アキラはすんなりと受け入れた。

ドリルが開けた大穴を通り、地下一階へと上る六号機。

穴から顔を出すと、そのすぐ傍《そば》にショーコが倒れている。

「ショーコ……！」

ショーコの傍へヴァルヴレイヴの腕を伸ばし、精一杯の力で手の平へ運び上げるアキラ。再び腕を動かし、今度はショーコをしっかりと抱き、自分の体をクッションにしながらコクピットの中へと転がり込む。

「痛っ！　うぅ～……ショーコ、ショーコちゃん……」

自分の痛みなどどうでもいい、とショーコをそっと揺さぶるアキラ。

「……………………あ」

ほんのかすかに、だが確かに。

ショーコの唇が震《ふる》え、そこから吐息《といき》が漏《も》れたのを聞いて、アキラの瞳《ひとみ》が揺れた。

「生きてる……」

泣き出しそうになりながら、微笑むアキラ。

良かった。生きてた。助ける事が出来た。本当に良かった。

でも。

まだ、分からない。ショーコが、自分達が、本当に助かったのか。

それに、何より。

大穴を見上げ、上の方でなお破壊を続けながら進むドリルを睨《にら》みつける。

「よくも……ショーコを……！」

許さない。

大丈夫だ。私はもう飛んだ。ショーコのおかげで飛べた。

なら、もう一度飛べる。

踵《かかと》のクリア・フォッシルから紫色の硬質残光《こうしつざんこう》を噴出させ、六号機が飛んだ。

地下一階の分厚い隔壁《かくへき》をゆっくりと削《けず》りながら上るドリルへ一気に追いつき、回転するそのボディにしがみつく。激しい火花が散る。

弾《はじ》き飛ばされそうになるのを必死でこらえ回転を止めようとするが、流石に大きさに差がありすぎて、それだけでは止められない。

「止まらない……！」

癇癪《かんしゃく》を起こしたようにコンソールを殴《なぐ》るアキラ。何か、何か方法は⁉

その時、まるでアキラの意思を酌《く》んだかのように、コンソールに違う画面が表示された。

EQUIP WEAPON　HUMMING BIRD
画面は一瞬《いっしゅん》で切り替わり、何らかの武器らしき物の画像と使用説明が表示される。

「これ……」

ハミング・バード使用方法：
支配編［特能装備：森羅万象《しんらばんしょう》手引き　M_ID_GGS45D_1202］

【1】支配対象物に対しハミング・バードの先端部を強く突き刺してください。

【2】自動的に先端部から浸食回路が埋め込まれます。
回路が緑色に明滅《めいめつ》しない場合は失敗の可能性がありますので
再度お試しください。

【3】浸食回路の定着が完了すると、
本機側に同調用ハッキングコードが発行されますので、
搭乗者《とうじょうしゃ》による最終登録作業を速やかに行ってください。

【4】登録・同調が完了次第、森羅万象からハミング・バードを介して
支配対象物の強制操作が可能となります。
お疲れさまでした。

【5】支配行為は複数に対しても同時に有効ですが、
各対象物によって支配可能時間は異なりますのでご注意ください。

その説明を読み、アキラの頬《ほお》が僅《わず》かに紅潮《こうちょう》する。
「私の……武器」

この機体は、自分のために用意されていたのかもしれない。

アキラは緩《ゆる》く口の端を吊《つ》り上げた。

◯

ドリルビットの先端が、ついに地上に頭を出した。

もう間もなくボディも完全に貫通し、モジュール内部に毒ガスを撒《ま》き散らし始める。

そうなれば地上は終わりだ。全員地下に退避《たいひ》するしかない。そして地下には、ドルシア兵が待ち構えている。

ドルシア軍の勝利は目前——そう思われていた、その時。

突如《とつじょ》、ドリルの回転が停止した。

否《いな》、停止しただけではない。ドリルは逆回転し、自らが掘った穴を逆進し始める。

「なんだと⁉」

ハルトとエルエルフを捕らえ、ヴァルヴレイヴ一号機と共に小型の輸送艇《ゆそうてい》で運んでいたカインとアードライ。その目の前を降下していくドリルを見て、アードライが叫《さけ》んだ。ドリルのボディには、よく見ると緑色に光る小さな何かが埋め込まれている。

ドリルを監視《かんし》するように、ゆっくりと舞《ま》い降りてくる紫の機体。それを見たエルエルフとハルトも驚愕《きょうがく》の声を上げる。

「六号機……！」

「誰《だれ》が乗ってるんだ⁉」

「ハーノイン！　バッフェ隊を出せ！」

通信端末を取り出して怒鳴るアードライ。すぐさま二体の無人機が飛んでくる。

身を翻《ひるがえ》す六号機。その手に持ったハチドリのような先端の杖《つえ》、ハミング・バードを振りかぶり、バッフェへ向かって飛びながら、叫ぶ。

『敵は……出ていけえええええええええっ！』

アイゼン・ガイストで防御する二機のバッフェ。ハミング・バードの先端はあっさりとそれに阻《はば》まれ、何のダメージも与えない——かのように見える。

だが、先端が触れた部分には、すでに緑色に明滅《めいめつ》する浸食回路が埋め込まれていた。

二機のバッフェは、突然防御を解除する。

そして数秒停止し、ぎこちなく動き始める。かと思えば互いに正面からぶつかり合い、両手の武器で同士《どうし》討《う》ちを始め、同時に爆散した。

爆風に煽《あお》られながら、アードライが通信端末に向かって問い詰める。

「ハーノイン！　どういうつもりだ！」

『違う！　機械が勝手に！』

ヴァルヴレイヴVI。型式番号RM-069、PFネーム『火遊《ヒアソビ》』。

その特能装備は、あらゆる箇所《かしょ》に無数のセンシズ・ナーヴを備えたマルチセンサーアーマー『森羅万象《しんらばんしょう》』。

六号機用に調整された無数のセンシズ・ナーヴは、周囲の『情報』を送受信し、それにより戦況を一瞬で把握《はあく》する事が出来る。また、ハミング・バードで埋め込んだ浸食回路を介し、対象物を強制操作する事が可能となる。

この六号機の特性の事を、研究者達は『戦場支配』と呼んでいた。

当然このシステムは、パイロットに相応の情報処理能力を要する。だが、相手が無機的な機械であるならば、その操作はアキラのお手の物だった。

アキラは続けて、扇《おうぎ》のように開く事が出来るかぎ爪状の武器『ファン・タロン』を構える。

森羅万象で情報を受信し、ハルトとエルエルフの位置と、ファン・タロンを振り下ろした時のあらゆる軌道《きどう》を把握。二人を傷つけないように、誤差僅《わず》か数ミリという恐るべき精密さで、輸送艇《そうてい》の足場とヴァルヴレイヴを固定するベルトを切り裂いた。

二人は手錠《てじょう》を掛けられていたが、エルエルフは移動する間に硬質炭素の付け爪で少しずつ傷をつけていた。それを一気に引き千切り、ハルトに飛びついてパイロットスーツのスラスターを噴射、解放されたヴァルヴレイヴへと飛んでいく。

下方では、戻ってきたドリルビットにハーノインのイデアールが巻き込まれている。

『やべぇ！』

ハーノインが脱出した直後、イデアールの燃料が引火して爆発し、ドリルビット共々粉々になって吹き飛んだ。

そして爆炎の中、起動する一号機。そのセンサーが、宙に漂うカインの姿を捉《とら》える。

「撃《う》て！　ハルト！」

「でも、相手は生身じゃないか！」

いくら敵でも、ヴァルヴレイヴで生身の人間を撃つのは抵抗がある。相手もロボットに乗っているならそれは戦いだが、これではただの虐殺《ぎゃくさつ》ではないのか。ハルトは躊躇《ちゅうちょ》するが。

「撃つんだ！　あいつは危険すぎる！」

エルエルフが、あのエルエルフが、余裕をなくしている。

先ほどの格闘《かくとう》も見ていた。全てを見通しているような、たった一人で軍隊さえ相手に出来るようなエルエルフが、手も足も出なかった。

ハルトは考える。カインは黒幕だ。戦争。平和の終わり。仲間の死。呪《のろ》い。全ての元凶《げんきょう》が、そこにいるのだ。

そう自分に言い聞かせる事で、ハルトはやっと、頷《うなず》く事が出来た。

ヴァルヴレイヴ頭部のバリアブル・バルカンを、カインに向かって発射する。

「僕は、みんなを守る……そのためなら、汚れてもいいって、決めたんだ！」

人間など一撃《いちげき》で挽肉《ひきにく》にしてしまう銃撃《じゅうげき》が壁を穿《うが》ち、湧《わ》き起こる煙がカインの姿を覆《おお》い隠す。

「カイン……いかにお前でも、この攻撃では……」

しかし、エルエルフの声には勝利を確信したような余裕は一切なく、むしろそうであってくれ、効いていてくれと願うようであった。

射撃が終わる。壁に穿たれた弾痕《だんこん》の前に、カインの姿は跡形もない。

それを見てやっと、口元に笑みを浮かべるエルエルフ。だが。

「……っ⁉」

上方から、緑色の光。

目を向けると、そこには燐光《りんこう》を放ちながら宙に浮く、カインの姿。

「避《よ》けたってのか……⁉」

「馬鹿な……」

「だから教えただろう。君は私には勝てない」

カインはゆっくりと口を開き。

その口が、言語とも唸《うな》りとも取れぬ音を発し。

さらなる光が、カインを包み込む。

「これって……」

呆然《ぼうぜん》と呟《つぶや》くハルト。

これは、この光は——レイヴ・エネルギーではないのか——？

空中からさらに飛び上がり、カインは上方のハッチを抜けてどこかへ消える。

その動きは、いかにここが無重力であろうと、あまりにも人間離れしている。

カインが飛び去った先は標本室。ヴァルヴレイヴの不完全機が並ぶ場所。

その最奥《さいおう》に安置されている、手足のない二号機のガラスケースの前でカインが手をかざすと、内側から殴《なぐ》られたかのようにガラスが割れ、中の羊水が噴き出した。

後を追って標本室に入るヴァルヴレイヴ。二号機の前に浮かぶカインを見て、エルエルフは少しだけ余裕を取り戻して笑う。

「わざわざここへ逃げ込むとは、失策だなカイン。この部屋に逃げ場はない。そして並んでいるのは不完全機のみ、どれ一つとして動きはしないぞ」

二号機のコクピットへ入り、シートに座るカイン。

懐《ふところ》から、緑色の光を放つ、卵のような形をした宝飾品を取り出す。

「君には嫌な記憶しかないだろうけど……頼むよ、プルー」

卵の中の螺旋《らせん》が回転し、捩《ねじ》れ、人型になる。

それと同時に、二号機のコンソールモニタに、異国の装《よそお》いの青年——プルーが現れ。

『ニンゲン、メ』

憎しみのこもった声で、そう、文字ではなく声で、言った。

そして、一号機。同じように、コンソールモニタが光を放ち。

「なんだ……？」

その中にいる、３Ｄの美少女が、ぎこちなく口を動かし。

『オ、ニィ……』

「喋《しゃべ》った⁉」

『ニ……ニィ……オニイチャン！』

少女――ピノもまた、ハルトに初めてその声を聞かせた。

二号機頭部のセンシズ・ナーヴが光る。貴生川《きぶかわ》が何をやっても起動しなかった事をエルエルフは確認している。二号機のレイヴは、空の燃料タンクのようなものだった。

その二号機が、何故《なぜ》か動き始めている。背面が剝《む》き出しのレイヴから、レイヴ・エネルギーらしき光が漏《も》れている。

手足のない体を蠢《うごめ》かせ、残ったガラスを突き破って、二号機は外へと飛び出した。

その四肢《しし》の付け根から大量の光が溢《あふ》れ出し、擬似《ぎじ》の四肢を形作る。

光の四肢を振り回し、二号機は暴れまわる。のた打ち回る。陸に打ち上げられた魚のように、酸素を求める人間のように。

だが、やがて二号機は、その光の両足を使いこなし、しっかりと立ち上がった。

「人間の、形に……！」

驚愕《きょうがく》と恐怖に声を震《ふる》わせながらも、その異形《いぎょう》から目が離せないハルト。

エルエルフは髪を掻《か》き毟《むし》り、考える。

(カイン……貴様は一体……二号機は壊れていた……ヴァルヴレイヴを動かせるのは調整された学生だけ……生身でヴァルヴレイヴの光を使う……)

ヴァルヴレイヴの光。それはなんだったか。

(レイヴ・エネルギー。原動機レイヴ。エントロピーは増大する。それを減少させ、永久機関を作り出す方法。分子を観測し、その記憶を消すためのエネルギー消費を先送りさせる代替《だいたい》エネルギー、情報原子ルーン。それを扱える存在……)

これが正しい姿だとでも言うように、光の腕を掲《かか》げるヴァルヴレイヴ二号機。

カイン。

(導き出される結論は……)

「マクスウェルの、悪魔……!」

◯

宇宙。

バッフェのスパイクに挟まれた五号機が、あっという間に熱量100％を超えて沈黙《ちんもく》した。

「犬塚先輩《いぬづかせんぱい》！」

残るはサキの四号機、カーミラのみ。

「……要は、触らせなければいいんでしょ！」

敵の攻撃を避《よ》ける、という点ではカーミラ以上に向いた機体はない。スピンドル・ナックルとマルチレッグ・スパインは、攻撃も回避も不規則な軌道《きどう》で行う事が出来る。点でも線でもないその動きでバッフェを翻弄《ほんろう》し、一機ずつ確実に撃墜《げきつい》していく。

だが、スパイクに気を取られるあまり、サキはイデアールの動きに気付けなかった。

戻ってきたホイールを受け取るために動きの止まる瞬間《しゅんかん》を狙い、クーフィア機から射出されたアームがカーミラを捕獲《ほかく》して引き寄せた。

『つーかまえた！』

「このガキ……！」

そのガキにお前は今から殺されるんだよ、と一転して冷笑を浮かべるクーフィア。

『死ねよ。血液を沸騰《ふっとう》させて』

両側から飛んでくるバッフェ。クーフィア機のアームが開き、ちょうどその間に入るようにカーミラを放り投げる。

「きゃあああっ！」

赤熱するスパイクに挟まれ、カーミラの熱量も１００％を超えた。

オーバーヒートして動かなくなったカーミラをバッフェごと押しつぶそうとするかのように、クーフィアのイデアールが再びアームで締めつける。

『きはっ。熱い？　ねぇ熱い？　熱いですかって聞いてんだよ？』

ネズミをいたぶる猫のように。喜悦《きえつ》に歪《ゆが》んだクーフィアの声が、接触回線でカーミラのコクピット内へと届く。

「イカれたガキね……！」

気丈《きじょう》に言い返しながら、しかしサキには言葉ほどの余裕はない。というよりも、もう完全に、やれる事がない。

カーミラは完全に機能停止している。その上でクーフィア機のアームがちょうどコクピットハッチを塞ぐようにカーミラを締めつけているため、逃げようにも逃げられない。

同じくオーバーヒートしたサンダーの三号機とキューマの五号機は、イクスアイン機の率いるバッフェによってケージに拘束されている。

『クーフィア、殺すなよ。パイロットは尋問《じんもん》する』

『えぇ～？　いいじゃん別に、三人もいるんだから一人ぐらい』

無邪気な声に、サキの顔から血の気が引く。

『このまま熱し続けてさぁ、綺麗《きれい》にこんがり焼けるか、気にならない？』

『悪趣味《あくしゅみ》だな』

ようやく、サキにも分かり始める。クーフィアという少年は、本当にどこか壊れてしまっているのだという事が。

(どうしよう……このままじゃ、本当に……!)

殺される、だけならまだ良い。否《いな》、もちろん良くはないのだが、死んでしまえばそれ以上苦しむ事はない。

もし、体を焼かれて、血液が沸騰《ふっとう》しても、死ななかったら?

傷つく傍《そば》から肉体が回復し、死ぬ事も出来ずに苦しみを味わい続ける事になったら——?

あまりにも悲惨なその末路が脳裏に浮かび、恐怖に足が震《ふる》え出す。

そんな恐怖を。

爆風が、吹き飛ばした。

『なんだっ⁉』

イクスアイン機が装備していた小型人工太陽、ピエドラ・デル・ソルが、大爆発していた。

一体何故《なぜ》、と目をやると、スパイクを捨てた三機のバッフェが、イクスアイン機にデュケノワ・キャノンの砲塔《ほうとう》を向けている。

『クーフィア、何をする⁉』

『はぁ⁉ 僕じゃないって!』

『くっ……離脱する!』

　小型人工太陽の爆発が、イデアールのブースターユニットを巻き込もうとしている。慌《あわ》てて
イクスアインが脱出したその直後、イクスアイン機は燃料に引火して爆発した。

　クーフィアが、呆然《ぼうぜん》とそれに気を取られている隙《すき》に。

『!?』

　カーミラを挟んでいたバッフェを、どこからともなく飛んできた銃撃《じゅうげき》が打ち落とした。

　そしてその銃撃を放った紫の機体が、続けて三号機と五号機を拘束するケージを破壊する。

　ヴァルヴレイヴⅥ。

「助かった……でも、誰《だれ》？」

　突如《とつじょ》戦場に現れたその機体に、クーフィアもサキも、ただ困惑の目を向けるだけだった。


「ショーコちゃん。すぐ、終わらせるから」

　六号機のコクピット内。足元に横たわるショーコを見つめてアキラが呟《つぶや》く。

　そこへ鳴り響《ひび》くアラート。

　はっと顔を上げると、我に返ったクーフィアのイデアールが急接近してきた。

　慌ててハミング・バードを振るうが、慣れない一撃はあっさりとかわされ、逆に至近距離か
らクーフィア機の射撃を食らってしまう。

「あぅっ！」

『いったい何機あるの、ヴァルヴレイヴってさ』

呆《あき》れたように呟《つぶや》きつつ、しかしまた遊び相手が増えた事が嬉《うれ》しいのか、クーフィア機は楽しそうに六号機の周りを飛びながら連続で攻撃《こうげき》を仕掛ける。無人機とは全く違うその動きに翻弄《ほんろう》され、次々と直撃を食らう六号機。

『なんだよ、全然ウスノロじゃん』

「ぐっ……！」

直接の近接戦闘《せんとう》では勝てない。即座に判断し、アキラはイデアールから周囲を飛び回るバッフェへとターゲットを変更する。

複数のバッフェにハミング・バードを振るい、浸食回路を埋め込むと、人間離れした速さでコンソールを操作して指示信号を送る。

六号機を囲んでいたバッフェ達の動きがぴたりと止まり、イデアールへと向きを変える。

『ん？　まさか……』

そしてバッフェ達は、一斉にクーフィア機へと攻撃を開始した。

『へぇ、チートな技、持ってんじゃん！』

手駒であるバッフェ達が支配されたのを見て、しかしクーフィアは楽しそうに笑い、十分に引きつけてから、マイクロミサイルの斉射《せいしゃ》で全てのバッフェを同時に撃墜《げきつい》してしまう。

『ざーんねんでした。ザコを集めたって、僕はやれないよ』

「んぐっ……だったら……！」

アキラは再びクーフィア機へと突進する。ただし、今度はただの猪突猛進《ちょとつもうしん》ではない。

『無駄無駄！　アンタの動き、全然大した事……えっ!?』

六号機のマルチセンサーアーマー、森羅万象《しんらばんしょう》のセンシズ・ナーヴが、一斉に光を放つ。

同時に、アキラの脳に流れ込んでくる無数の情報。それを正しく認識、処理する事で、アキラはクーフィア機の動きをほぼ完璧に予測し、その行動線を先回りする。

戦場支配。

動きを読まれた事に目を見張るクーフィア。

イデアールの装甲《そうこう》をハミング・バードが叩《たた》き、浸食回路が埋め込まれる。

「……っ！」

システムとリンクする。流石に、その制御情報の複雑さはバッフェの比ではない。

だが、アキラはそれすらも御してみせると、イデアールへ無数の指示信号を送る。

『……っ、僕のイデアールを奪うつもり!?　させないよ！』

問答無用で書き換わっていく命令を、クーフィアはコンソールを操作して片っ端から正常に戻していく。直接操作のクーフィアと遠隔操作のアキラではクーフィアに分《ぶ》があるはずだが、それでぎりぎり平衡《へいこう》を保つ事が精一杯だという事実に、相手の技術が並外れている事が分かりクーフィアの表情に焦りが浮かぶ。

一方、予想以上の抵抗に顔をしかめているのはアキラも同じだ。

「くっ……無人機とは、違う……！」

こちらからの指示信号が、片っ端から無効化されている。無人のバッフェやドリルは素直に言う事を聞いたのに、やっぱり人間なんて、とやや筋違いの怒りを覚える。

「あぁあぁもう……めんど……くさいっ！」

瞬間《しゅんかん》、再び森羅万象《しんらばんしょう》が輝きを増した。

より強く。より深く。浸食回路を通して、指示信号をもっと内部にまで潜《もぐ》り込ませようとする。操作ではなく、意志によって。

目の前に、壁があるのを感じる。

ダンボールハウスの壁とは違う。越えるべきではない壁。越えてはいけない、壁。

その壁を、後先考えずに、ぶち破ろうとして。

クーフィア機のコクピットに届いた通信が、アキラにも聞こえた。

『撤退戦《てったいせん》用意！　大佐を援護《えんご》しつつ、後退する！』

その通信に、アキラの集中力が乱れる。

「…………………」

『……ちぇっ。これからなのに』

クーフィアは、まるで楽しい遊びを邪魔されたかのような声を出す。

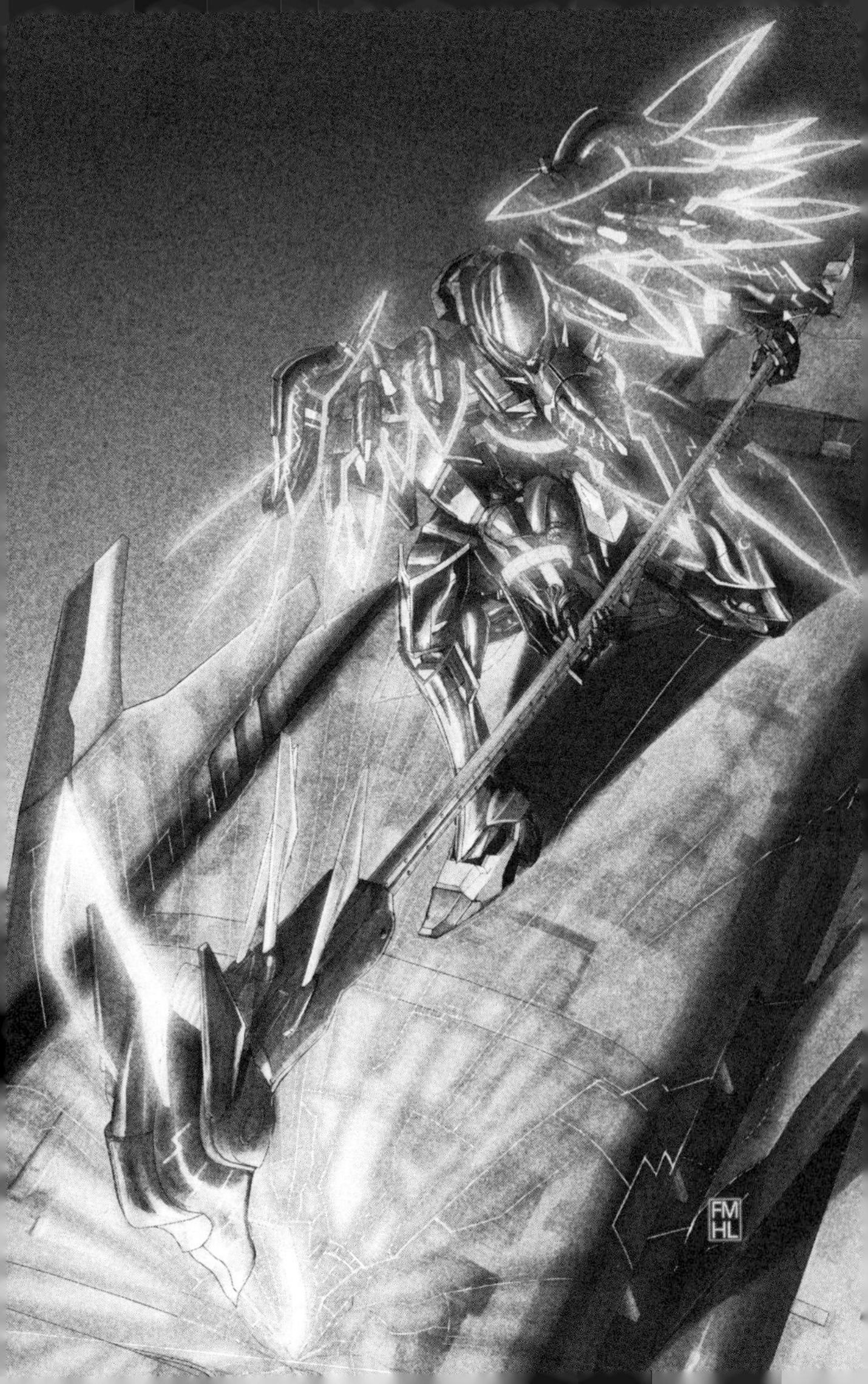
FM
HL

そして、機首を巡らせ、旗艦《きかん》の方へと飛び去っていった。

「……逃げてく？」

真っ白になりかけている頭で、アキラがぽつりと呟《つぶや》く。

「……ぅ……ぅぅん……」

その耳に、かすかに届く小さな呻《うめ》き声。

足元を見る。どうやらショーコが意識を取り戻したらしい。

「ショーコ、ちゃん……」

ゆっくりとショーコの瞼《まぶた》が開いていくのを見て、どっと体の力が抜ける。

ショーコの隣《となり》に座ろうとして、視界の端に何か赤いものが映る。自分の鼻の辺りだ。

「………」

いつの間にか出ていたその鼻血を、アキラは乱暴に拭《ぬぐ》った。

○

地下標本室。

光の四肢《しし》を掲《かか》げる二号機を前にして、ハルトは震《ふる》えている。

「あ、ああ……」

恐怖に呑《の》まれているハルトの肩を、エルエルフの手が支える。

「呑まれるな。先《せん》を取れ」

「……う……うん！」

その冷たい声に頭の熱を冷まされ、ハルトはなんとか操縦桿《そうじゅうかん》を握る。

一号機の合体兵器ヴルトガが、二号機へと襲《おそ》いかかる。

だが、二号機は光の手でそれを掴《つか》み、いともあっさり握り潰《つぶ》してしまった。

「そんな！」

硬直する一号機に、二号機の蹴《け》り。関節のない光の脚は鞭《むち》のようにしなり、一号機を蹴り飛ばす。壁を突きぬけ、ピットへと転がる一号機。

壁に開いた穴から、二号機がゆらりと姿を現す。

「距離を取れ。あの腕では武器は持てない」

握り潰されたヴルトガを乱暴に解体し、ボルク・アームを抜き出す。

しかしそれを構えて撃《う》つ前に、二号機が振るった光の腕から硬質残光《こうしつざんこう》の欠片《かけら》が飛び、投げナイフのように一号機の右肩に突き刺さる。

素早く距離を詰める二号機。一号機は左手でフォルド・シックルを抜くが、二号機の手刀がその手首を切り飛ばす。

そのまま一号機を押し倒し、両腕でボディを掴み、レイヴを覆《おお》う胸部装甲《そうこう》を引き剝《は》がしにかかる。抵抗しようとする残った右腕を、光の脚が踏《ふ》みつける。

『大人しくしていたまえ』

そして、なす術《すべ》もなく、レイヴが徐々に露《ろ》出《しゅつ》されていく。

そこから漏《も》れ出る黄金の光に、カインは目を細めて。

「やはり……これが番《つがい》のオリジナルか……」

二号機の光の腕が、一号機のレイヴに触れる。

その瞬間《しゅんかん》。

『ピノ……ピノ！』

『オニイチャン、オニイチャン！』

二つの人外が、共に歓喜《かんき》と恍惚《こうこつ》の声を上げる。

二号機が触れた場所からは光が溢《あふ》れて満ちてゆき、一号機のコクピット内では各種計器がでたらめな数値を示し、コンソールモニタが明滅《めいめつ》し始める。

「これは……！」

何が起きているのか全く理解出来ず、ハルトは無意味に呟《つぶや》く。

だが、一方。

この事態にうろたえているのは、ハルト達だけではなかった。

一号機に続き、二号機の体からも、眩《まばゆ》い光が迸《ほとばし》り始める。

『パワーが、上がり過ぎる⁉』

動揺の声を上げたのは、カインだった。

二号機にも一応搭載《とうさい》されているレイヴが光を放ち、その周りのフレームが砂糖菓子のようにぼろぼろと崩壊していく。

『カイホウ！　カイホウ！』

嬉《うれ》しそうなピノの声。

「また喋《しゃべ》った……⁉」

うろたえるばかりのハルトを、いち早く我に返ったエルエルフが怒鳴りつける。

「反撃しろ、時縞《ときしま》ハルト！」

それは千載一遇《せんざいいちぐう》のチャンスだっただろう。

動揺するカインの声。何かトラブルが起きた様子の二号機。かろうじて事態を把握《はあく》したハルトは、がむしゃらに操縦桿《そうじゅうかん》を押し込む。

「うわあああああっ！」

一号機に突き飛ばされ、壁に激突する二号機。

その四肢《しし》を形作る光が、ゆっくりと薄くなってゆく。

『……処女航海で、難破する訳にはいかないな』

呟くカイン。

そして二号機は、片翼《かたよく》をもがれた鳥のように、無様な軌跡《きせき》を描きながら飛んでゆく。

半壊した一号機の中、ハルトとエルエルフは、力なくそれを見送るだけだった。

「勝った……いや」

顔をしかめるエルエルフ。

「負けなかっただけだ……」

予想を超える事態の連続に、自分が実質ほぼ無力だった事が悔しく、情けなく、腹立たしく、
エルエルフは強く拳《こぶし》を握り締める。

一方ハルトは、ただただ、呆然《ぼうぜん》としていた。

破壊された一号機。光の四肢《しし》の二号機。露出《ろしゅつ》したレイヴ。もう喋《しゃべ》らないピノ。

「何だ……？　何なんだよ、ヴァルヴレイヴって……」

その問いに答えられる者は、ここには誰《だれ》もいない。

○

地球。

海にぽっかりと開いた巨大な穴に向かって、海水が滝となって流れ落ちている。

滝の縁《ふち》には無数の岩が突き立っており、その上には一人ずつ、ローブを着た人影。

低い場所、最も近い位置まで突き出た二つの岩の上に立つ二人。

一人はドルシア総統《そうとう》、アマデウス・K・ドルシア。

一人はARUS大統領、ジェフリー・アンダーソン。

世界を二つに分けて対立している両国家の代表が、向き合って笑みをかわしている。

『我らはマギウス』

それは、遥《はる》か遠い昔から繰《く》り返されてきた、人と、人ならざるものとの会合。

『世界の裏側にある者』

この世界の、真の姿。

評議会開催の挨拶《あいさつ》のような唱和《しょうわ》が終わり、ARUS大統領とドルシア総統が、居並ぶローブの人影達を見回す。

「一〇年ぶりの一〇一人評議会」

ＡＲＵＳ大統領は、どうやら本当に今回の評議会の開催に心当たりがないらしく、その顔に疑問を浮かべている。

だが、ドルシア総統は。

「評議会の方々。これは、どういったご事情か」

「白々しい事を」

「貴国の、ジオール侵攻《しんこう》の件です」

「人間同士の争いには関わらないのが、評議会のルールでは？」

マギウス、と名乗ったローブの人々の糾弾《きゅうだん》を、ドルシア総統は平然と受け流す。

マギウス達は、そんな総統の態度に気分を害するでもなく、淡々と続ける。

「かの兵器、ヴァルヴレイヴといったか」

「我々の調査により、レベル３の事象と確認されました」

その言葉を聞き、ＡＲＵＳ大統領が顔色を変えてドルシア総統に目をやる。

大統領の狼狽《ろうばい》を気にもかけず、マギウスはドルシア総統に詰め寄る。

「全部バレてるんですよ。あなたが我々に黙《だま》って、マギウスの領域に踏《ふ》み込んでいた事は」

「あれがマギウス関連だったとは、迂闊《うかつ》にも気付きませんでした。我々は純粋に、軍事的脅威《きょうい》として……」

「カイン・ドレッセル大佐」

「?」

「先の革命ではあなたの右腕となり、実行部隊の指揮を果たした」

なぜマギウスが、いきなりカインの話を始めたのか。総統《そうとう》はすぐにはピンと来ない。

だが。このタイミングでカインの名前が出る事の意味に気付き、総統の表情が変わる。

「まさか……」

「彼は、マギウスです」

「一〇年前から」

「――っ⁉」

マギウスの言葉は、今度こそ完全に、総統の余裕を打ち砕いた。

総統とカインは、二〇年来の戦友だ。

それが、一〇年前からマギウスだった? いったいどういう事だ――?

「そして、あなたもそうなる」

取り乱す総統に、マギウスの一人が近づく。

そして、おもむろに口を開き。

「うわあああああっ!」

総統の首筋に、噛《か》みついた。

『古きヒトの身を捨て、新たなヒトの身に』

マギウス達が口を揃《そろ》える。

その口が一斉に、言語とも唸《うな》りとも取れぬ音を発し始める。

その謎の音を耳にしながら。

ドルシア総統、アマデウス・K・ドルシアの意識は、ルーンの海に溶けて消えた。

続く

◉乙野四方字著作リスト

「ミニッツ　～一分間の絶対時間～」（電撃文庫）
「ミニッツ２　～神の幸運、天使の不運～」（同）
「ミニッツ３　～神殺しのトリック～」（同）
「ミニッツ４　～スマイルリンクの歌姫～」（同）
「革命機ヴァルヴレイヴ」（同）
「革命機ヴァルヴレイヴⅡ」（同）

本書に対するご意見、ご感想をお寄せください。

電撃文庫公式ホームページ 読者アンケートフォーム
http://dengekibunko.dengeki.com/
※メニューの「読者アンケート」よりお進みください。

ファンレターあて先
〒102-8584　東京都千代田区富士見1-8-19
アスキー・メディアワークス電撃文庫編集部
「乙野四方字先生」係
「ゆーげん先生」係
「片貝文洋先生」係

本書は書き下ろしです。

電撃文庫

革命機《かくめいき》ヴァルヴレイヴII

乙野四方字《おとのよもじ》

発行　2013年11月9日　初版発行

発行者　塚田正晃
発行所　株式会社KADOKAWA
〒102-8177　東京都千代田区富士見2-13-3
03-3238-8521（営業）
プロデュース　アスキー・メディアワークス
〒102-8584　東京都千代田区富士見1-8-19
03-5216-8399（編集）
装丁者　荻窪裕司(META+MANIERA)
印刷　株式会社暁印刷
製本　株式会社ビルディング・ブックセンター

※本書の無断複製（コピー、スキャン、デジタル化等）並びに無断複製物の譲渡及び配信は、著作権法上での例外を除き禁じられています。また、本書を代行業者などの第三者に依頼して複製する行為は、たとえ個人や家庭内での利用であっても一切認められておりません。
※落丁・乱丁本はお取り替えいたします。購入された書店名を明記して、アスキー・メディアワークスお問い合わせ窓口あてにお送りください。
送料小社負担にてお取り替えいたします。
但し、古書店で本書を購入されている場合はお取り替えできません。
※定価はカバーに表示してあります。

©2013 YOMOJI OTONO ©SUNRISE/VVV Committee, MBS

ISBN978-4-04-866079-2　C0193　Printed in Japan

電撃文庫　http://dengekibunko.dengeki.com/
株式会社 KADOKAWA　http://www.kadokawa.co.jp/

電撃文庫創刊に際して

文庫は、我が国にとどまらず、世界の書籍の流れのなかで〝小さな巨人〟としての地位を築いてきた。古今東西の名著を、廉価で手に入りやすい形で提供してきたからこそ、人は文庫を自分の師として、また青春の想い出として、語りついできたのである。

その源を、文化的にはドイツのレクラム文庫に求めるにせよ、規模の上でイギリスのペンギンブックスに求めるにせよ、いま文庫は知識人の層の多様化に従って、ますますその意義を大きくしていると言ってよい。

文庫出版の意味するものは、激動の現代のみならず将来にわたって、大きくなることはあっても、小さくなることはないだろう。

「電撃文庫」は、そのように多様化した対象に応え、歴史に耐えうる作品を収録するのはもちろん、新しい世紀を迎えるにあたって、既成の枠をこえる新鮮で強烈なアイ・オープナーたりたい。

その特異さ故に、この存在は、かつて文庫がはじめて出版世界に登場したときと、同じ戸惑いを読書人に与えるかもしれない。

しかし、〈Changing Times,Changing Publishing〉時代は変わって、出版も変わる。時を重ねるなかで、精神の糧として、心の一隅を占めるものとして、次なる文化の担い手の若者たちに確かな評価を得られると信じて、ここに「電撃文庫」を出版する。

1993年6月10日
角川歴彦